MINETTE WALTERS

In Flammen

Buch

In dem kleinen englischen Ort Sowerbridge herrscht Aufruhr: Die 93jährige Lavinia Fanshaw und ihre Haushälterin Dorothy Jenkins wurden tot aufgefunden, brutal mit einem Hammer erschlagen. Offenbar sind die beiden alten Damen einem Raubmord zum Opfer gefallen, denn Lavinias kostbarer Schmuck ist verschwunden. Sofort fällt der Verdacht auf Patrick O'Riordan, einen arbeitslosen Iren, der mit seiner Familie in dem Ort lebt. Und tatsächlich ist die Beweislast erdrückend, denn man entdeckt nicht nur die Tatwaffe, sondern auch die gestohlenen Ringe in Patricks Haus. Als die Verhaftung des jungen Mannes bekannt wird, richtet sich der Sturm der Empörung gegen Patricks Eltern Bridey und Liam, die von nun an in Sowerbridge keine ruhige Minute mehr haben. Die mittellose Einwandererfamilie war der eingeschworenen Gemeinschaft schon immer ein Dorn im Auge, und nun scheint der Moment der Vergeltung endlich gekommen. Einzig die ebenfalls irischstämmige Siobhan Lavenham will nicht glauben, dass Patrick zu der schrecklichen Tat fähig war. Doch dann geht eines Abends der alte Hof der O'Riordans in Flammen auf – und in den Trümmern macht man eine schreckliche Entdeckung, die Siobhan zutiefst verstört...

Autorin

Minette Walters arbeitete lange als Redakteurin in London, bevor sie Schriftstellerin wurde. Seit ihrem Debüt »Im Eishaus«, das 1994 auf deutsch veröffentlicht wurde, zählt sie zu den Lieblingsautoren von Millionen Leserinnen und Lesern in aller Welt. Alle ihre bisher erschienenen Romane wurden mit wichtigen internationalen Preisen ausgezeichnet und in 32 Sprachen übersetzt. Minette Walters lebt mit ihren beiden Söhnen in Hampshire, England.

Außerdem von Minette Walters bei Goldmann lieferbar:

Im Eishaus. Roman (42135) · Die Bildhauerin. Roman (42462) · Die Schandmaske. Roman (43973) · Dunkle Kammern. Roman (44250) · Das Echo. Roman (44554) · Wellenbrecher. Roman (44703) · Schlangenlinien. Roman (geb. 30871) · Der Nachbar. Roman (geb. 30969)

Minette Walters

In Flammen

Roman

Deutsch von
Mechtild Sandberg-Ciletti

GOLDMANN

Der Titel der Originalausgabe lautet »The Tinder Box«.

Umwelthinweis:
Alle bedruckten Materialien dieses Taschenbuches
sind chlorfrei und umweltschonend.

Taschenbuchausgabe August 2002

Umschlaggestaltung: Design Team München
Umschlagfoto: Premium
Druck: Elsnerdruck, Berlin
Verlagsnummer: 45257
CN · Herstellung: Heidrun Nawrot
Made in Germany
ISBN 3-442-45257-0
www.goldmann-verlag.de

1 3 5 7 9 10 8 6 4 2

The Daily Telegraph *Mittwoch, 24. Juni 1998*

Mann aus Sowerbridge verhaftet

Patrick O'Riordan, 35, ein arbeitsloser irischer Hilfsarbeiter, wurde gestern Abend wegen Mordes, begangen an seiner Nachbarin Lavinia Fanshaw, 93, und ihrer Pflegerin Dorothy Jenkins, 67, unter Anklage gestellt. Die Morde haben in der kleinen Gemeinde Sowerbridge, wo O'Riordan und seine Eltern seit fünfzehn Jahren zu Hause sind, heftige Empörung ausgelöst. Die beiden alten Frauen wurden mit brutalen Schlägen niedergemetzelt, nachdem Dorothy Jenkins am Samstagabend einen Einbrecher überrascht hatte. »Wer die beiden umgebracht hat, muss ein Monster sein«, sagte eine Nachbarin. »Lavinia war eine gebrechliche alte Frau, die an der alzheimerschen Krankheit litt und nie einer Menschenseele etwas zu Leide getan hat.« Die Polizei musste die Einwohner des kleinen Ortes ermahnen, Ruhe zu bewahren, als sich unmittelbar nach Bekanntwerden der Verhaftung O'Riordans, eine Menschenmenge vor dem Haus seiner Eltern versammelte. »Wir werden Selbstjustiz nicht dulden«, erklärte ein Sprecher.

O'Riordan bestreitet die gegen ihn erhobenen Vorwürfe.

1

Montag, 8. März 1999 – 23 Uhr 30

Noch nachts um halb zwölf war der erste Verhandlungstag im Prozess gegen Patrick O'Riordan das zentrale Thema der Rundfunknachrichten. Todmüde nach vierzehn Stunden harter Arbeit, hörte sich Siobhan Lavenham den Bericht an, während sie in ihrem Wagen auf schmalen, heckengesäumten Landstraßen nach Sowerbridge zurückfuhr.

»... O'Riordan saß lächelnd da, während die Anklage den Fall aufrollte ... die grauenvollen Details des Verbrechens, bei dem die dreiundneunzigjährige Lavinia Fanshaw und die Pflegerin, die bei ihr im Haus lebte, brutal niedergemetzelt wurden, bevor der Mörder Mrs. Fanshaw die Ringe von den Fingern riss ... Kratzer und Quetschungen im Gesicht des Angeklagten, wahrscheinlich durch einen Kampf mit einer der Frauen verursacht ... ein Verbrechen aus Habgier, hinter dem O'Riordans allgemein bekannter Groll gegen die begüterte Mrs.

Fanshaw gesteckt haben dürfte ... kann keine überzeugende Auskunft darüber geben, wo er sich zur Tatzeit aufgehalten hat ... Schmuckstücke im Haus der Familie O'Riordan sichergestellt, wo der fünfunddreißigjährige Ire immer noch mit seinen Eltern zusammen lebt ...«

Niedergeschlagen schaltete Siobhan das Radio aus und konzentrierte sich wieder aufs Fahren. »Der Ire ...« war das ein bewusster Versuch, rassistische Ressentiments zu schüren, oder nur ein unbedachtes Kürzel? Gott, wie sie die Journalisten hasste! Eines Schuldspruchs gewiss, waren sie in der vergangenen Woche wie eine Heuschreckenplage in Sowerbridge eingefallen, um schon im Voraus für ihre Hintergrundreportagen Material zu sammeln. Natürlich hatten sie nach Herzenslust im Dreck gestochert, zumal ganz Sowerbridge nichts Eiligeres zu tun gehabt hatte, als ihnen die schlimmsten Geschichten über die Familie O'Riordan zu erzählen.

Sie dachte zurück an den Tag von Patricks Verhaftung, als Bridey sie angefleht hatte, sie nicht im Stich zu lassen. »Sie sind doch eine von uns, Siobhan. Eine Irin reinsten Wassers, auch wenn Sie einen Engländer geheiratet haben. Sie kennen unseren Patrick. Er würde keiner Fliege was zu Leide tun. Glauben Sie im Ernst, dass er Mrs. Fanshaw totprügeln würde, wo er niemals die Hand gegen seinen Vater erhoben hat? Und Liam war furchtbar, als er noch zwei gesunde Arme hatte. Mein Gott, was hat er Patrick geprügelt, wenn er im Suff seine Wutanfälle kriegte! Aber nicht ein einziges Mal hat Patrick sich gewehrt.«

Es konnte beängstigend sein, an die Gemeinsamkeiten erinnert zu werden, die einen mit anderen verbanden, hatte Siobhan beim Anblick der Menschenmenge gedacht, die sich in finsterem Schweigen draußen vor Brideys Haus versammelt hatte. War denn Irin zu sein ausreichend Grund, sich auf die Seite eines Mannes zu stellen, der verdächtigt wurde, eine kranke alte Frau und die Frau, die sie gepflegt hatte, erschlagen zu haben?

»Patrick gibt zu, dass er Lavinia bestohlen hat«, hatte sie gesagt.

Bridey liefen die Tränen übers Gesicht. »Aber die Ringe hat er nicht gestohlen«, entgegnete sie. »Nur billiges Gelumpe. War alles nur unechtes Zeug, und er hat's nicht mal gemerkt.«

»Trotzdem war es Diebstahl.«

»Heilige Muttergottes, glauben Sie, ich weiß das nicht?« Sie breitete mit flehender Gebärde die Hände aus. »Mag ja sein, dass er ein Dieb ist, Siobhan, aber niemals ein Mörder.«

Siobhan hatte ihr geglaubt, weil sie ihr glauben wollte. Patrick mochte viele Schwächen haben, aber als aggressiv oder bösartig hatte sie ihn nie gesehen – viel zu lässig, würden viele sagen –, und er schaffte es stets, sie und ihre Kinder mit seinen Geschichten über Irland, über Kobolde und verborgene Schätze am Ende des Regenbogens zum Lachen zu bringen. Sie konnte sich nicht vorstellen, dass er einen anderen Menschen mit einem Hammer totgeschlagen haben sollte.

Und doch …?

Eingehüllt in die Dunkelheit im Inneren ihres Wagens erinnerte sie sich des Gesprächs, das sie im vergangenen Monat mit einem Inspector der Kriminalpolizei von Hampshire geführt hatte. Er hatte überrascht geschienen, dass eine offensichtlich gebildete und wohl situierte junge Frau zu ihm kam, um sich über die Gleichgültigkeit der Polizei gegenüber der Notlage der O'Riordans zu beschweren. Sie fragte sich jetzt, warum sie ihn nicht schon viel früher aufgesucht hatte.

War sie wirklich so wenig bereit gewesen, die Wahrheit zu hören?

Mittwoch, 10. Februar 1999

Der Kriminalbeamte schüttelte den Kopf. »Ich verstehe nicht, wovon Sie sprechen, Mrs. Lavenham.«

Siobhan stieß einen ärgerlichen Seufzer aus. »Herrgott noch mal! Über die Hasskampagne, die gegen diese armen Leute geführt wird. Die Schmiereien an ihrem Haus, die anonymen Anrufe, die Drohungen, ihnen das Haus über dem Kopf anzuzünden. Bridey O'Riordan traut sich nicht mehr auf die Straße, weil sie Angst hat, angegriffen zu werden. In Sowerbridge ist Krieg, Inspector, und er nimmt mit jedem Tag, den der Prozess gegen Patrick näher rückt, schlimmere Formen an, aber Sie nehmen das überhaupt nicht zur Kenntnis. Warum ermitteln Sie nicht? Warum reagieren Sie nicht auf Brideys Anrufe?«

Er warf einen Blick auf ein Blatt Papier, das vor ihm auf dem Schreibtisch lag. »Mrs. O'Riordan hat in den acht Monaten, seit Patrick in Untersuchungshaft sitzt, dreiundfünfzig Notrufe gemacht«, sagte er, »von denen nur dreißig uns ernst genug schienen, um jemanden bei ihr vorbeizuschicken. In jedem Fall erklärten die eingesetzten Beamten in ihren Berichten, Mrs. O'Riordan habe die Zeit der Polizei grundlos in Anspruch genommen.« Er zuckte bedauernd die Achseln. »Mir ist klar, dass Sie das nicht gern hören, aber wir hätten das Recht auf unserer Seite, wenn wir deswegen gegen sie vorgehen wollten. Es ist ein ernstes Vergehen, die Zeit der Polizei zu verschwenden.«

Siobhan dachte an die schmächtige kleine Frau im Rollstuhl, deren Angst so echt war, dass sie beinahe ständig zitterte. »Die wollen uns umbringen,

Siobhan«, sagte sie immer wieder. »Ich hör sie mitten in der Nacht draußen im Garten rumschleichen und weiß, dass Liam und ich nichts tun können, wenn sie reinkommen. Wir müssen uns allein auf Gott verlassen.«

»Aber wer ist das denn, Bridey?«

»Diese Rowdys und Schläger, die von Mrs. Haversley und Mr. Jardine gegen uns aufgehetzt werden«, sagte die Frau und weinte. »Wer soll's sonst sein?«

Siobhan strich sich das lange dunkle Haar aus dem Gesicht und sah den Inspector stirnrunzelnd an. »Bridey ist alt und behindert, und sie hat Todesangst. Das Telefon hört überhaupt nicht mehr auf zu läuten. Wenn sie abhebt, antwortet ihr meistens Totenstille oder man droht ihr, sie umzubringen. Liams einzige Reaktion auf diesen Zustand besteht darin, sich jeden Abend sinnlos zu betrinken, damit er sich mit dem, was da vorgeht, nicht auseinander zu setzen braucht.« Sie schüttelte ungeduldig den Kopf. »Cynthia Haversley und Jeremy Jardine, die in Sowerbridge offenbar das Sagen haben, haben den einheimischen jungen Leuten praktisch einen Freibrief gegeben, den O'Riordans das Leben zur Hölle zu machen. Beim geringsten Geräusch zuckt Bridey zusammen, als ginge es ihr ans Leben. Sie braucht Schutz, und ich verstehe nicht, warum Sie ihn ihr nicht geben.«

»Man hat ihnen eine geheime Wohnung angeboten, Mrs. Lavenham. Aber sie haben abgelehnt.«

»Ja, weil Liam um sein Haus fürchtet, wenn er ihm den Rücken kehrt«, entgegnete sie. »Es wäre doch binnen Stunden verwüstet – das wissen Sie so gut wie ich.«

Wieder zuckte er die Achseln, diesmal weniger bedauernd als gleichgültig. »Es tut mir Leid«, sagte er, »aber wir können nichts tun. Wenn tatsächlich ein Überfall stattfinden würde ... nun, dann hätten wir etwas Konkretes in der Hand, um zu ermitteln. Aber die O'Riordans können uns ja nicht einmal die Namen dieser so genannten Rowdys nennen. Sie behaupten lediglich, es seien junge Leute aus den Nachbardörfern.«

»Und was soll das heißen?«, fragte sie erbittert. »Dass sie erst tot sein müssen, bevor Sie die Drohungen gegen sie ernst nehmen?«

»Natürlich nicht«, versetzte er, »aber wir müssen glauben können, dass diese Drohungen wirklich existieren. Im Moment sieht es aus, als bestünden sie nur in ihrem Kopf.«

»Beschuldigen Sie Bridey der Lüge?«

Er lächelte leicht. »Sie hat die Wahrheit schon immer gern ein bisschen ausgeschmückt, wenn es ihren Zwecken dienlich war, Mrs. Lavenham.«

Siobhan schüttelte den Kopf. »Wie können Sie so etwas sagen? Haben Sie denn schon einmal mit ihr gesprochen? Kennen Sie sie überhaupt? Für Sie ist sie doch nur die Mutter eines Verbrechers.«

»Das ist weder fair noch richtig.« Er wirkte ungeheuer müde, wie ein Angeklagter, der schon hundert Mal auf dieselbe Beschuldigung geantwortet hat. »Ich kenne Bridey seit Jahren. Das gehört zur Polizeiarbeit, dass man seine Leute kennt. Wenn man so oft mit einem Mann zu tun hat, wie ich mit Liam zu tun hatte, lernt man, ob man will oder nicht, auch seine Ehefrau recht gut kennen.« Er beugte sich vor, die Ellbogen auf die Knie gestützt, und faltete locker die Hände. »Und bedauerlicherweise weiß ich eines mit Sicherheit über Bridey – dass man ihr kein Wort glauben kann. Es mag nicht ihre Schuld sein, aber es ist Tatsache. Sie bringt nicht den Mut auf, ehrlich zu sein, weil ihr Mann, dieser brutale Säufer, sie halb zu Tode prügeln würde, wenn ihr das auch nur in den Sinn käme.«

Siobhan war schockiert über seine Direktheit. »Sie sprechen von Dingen, die lange zurückliegen«, sagte sie. »Liam hat keinen Menschen mehr angerührt, seit er seinen rechten Arm nicht mehr gebrauchen kann.«

»Und wissen Sie, warum er ihn nicht mehr gebrauchen kann?«

»Er hatte einen Autounfall.«

»Hat Bridey Ihnen das erzählt?«

»Ja.«

»Aber es stimmt nicht«, erklärte er schroff. »Mit zwanzig hat Patrick eines Tages Liams Arm auf einer Tischplatte festgebunden und ihm mit einem Hammer das Handgelenk zertrümmert. Er war so außer sich, dass er seine Mutter, als die sich einmischen wollte, zum Fenster hinausgestoßen hat, und die sich bei dem Sturz eine so schwere Hüftverletzung holte, dass sie danach nicht mehr laufen konnte. Darum sitzt sie im Rollstuhl, und darum kann Liam seinen rechten Arm nicht mehr gebrauchen. Patrick ist damals mit einem blauen Auge davongekommen, weil man ihm glaubte, dass der Vater, der immer brutal mit ihm umgegangen war, die Tat provoziert hatte. Er saß nicht einmal zwei Jahre im Gefängnis.«

Siobhan schüttelte den Kopf. »Ich glaube Ihnen nicht.«

»Aber es ist wahr.« Er rieb sich müde das Gesicht. »Verlassen Sie sich auf mich, Mrs. Lavenham.«

»Das kann ich nicht«, entgegnete sie kurz. »Sie haben nie in Sowerbridge gelebt, Inspector. Im ganzen Dorf gibt es nicht einen Menschen, der die O'Riordans nicht auf dem Kieker hat. Da hätte so eine saftige Geschichte längst tausendmal die Runde gemacht. Verlassen Sie sich auf *mich*.«

»Es weiß niemand davon.« Der Mann begegnete

einen Moment lang ruhig ihrem Blick, dann senkte er die Lider. »Es ist fünfzehn Jahre her, und es geschah in London. Ich war damals ein blutiger Anfänger bei der Metropolitan Police, und Liam stand ganz offen auf unserer schwarzen Liste. Er handelte mit Schrott und hatte seine Hände in allen möglichen dunklen Geschäften, bis Patrick ihn ein für alle Mal außer Gefecht setzte. Er hat seinen Laden verkauft, als der Junge ins Gefängnis musste, und ist mit Bridey hier herunter gezogen, um ein neues Leben anzufangen. Als Patrick nach seiner Entlassung zu seinen Eltern zurückkam, war die Geschichte vom Autounfall bereits allgemein akzeptiert.«

Wieder schüttelte sie den Kopf. »Patrick kam aus Irland herüber, nachdem er bei einem Bombenattentat von Terroristen verwundet worden war. Deshalb sieht es so aus, als lächelte er ständig. Seine Gesichtsnerven wurden von einem Glassplitter durchtrennt.« Sie seufzte. »Das ist auch eine Art von Behinderung. Die Leute mögen ihn nicht, weil sie glauben, er lache sie aus.«

»Nein, Mrs. Lavenham, diese Verletzung hat ihm sein Zellengenosse im Gefängnis beigebracht. Er hat ihm aus Rache das Gesicht mit einer Rasierklinge zerschnitten. Weil Patrick ihn bestohlen hatte. Soweit mir bekannt ist, war Patrick nie in Irland.«

Sie antwortete nicht. Geistesabwesend strich sie mit einer Hand in rhythmischer Bewegung über ihren Rock, während sie versuchte, sich zu fassen. *Ach, Bridey, Bridey… Hast du mich belogen?*

Der Inspector sah sie mitfühlend an. »Nichts geschieht in einem Vakuum, Mrs. Lavenham.«

»Und was genau soll das heißen?«

»Das soll heißen, dass Patrick Mrs. Fanshaw ermordet hat –« Er hielt kurz inne – »und dass sowohl Liam als auch Bridey es wissen. Natürlich kann man vorbringen, dass die ständigen Misshandlungen, die er als Kind von seinem Vater hinnehmen musste, eine Wut in ihm hervorgebracht haben, die er schließlich nicht mehr beherrschen konnte – damit hat er sich nach seiner Attacke auf Liam verteidigt, und es hat gewirkt –, aber ich glaube nicht, dass es in Anbetracht der Tatsache, dass seine Opfer zwei hilflose alte Frauen waren, bei den Geschworenen verfangen wird. Das ist der Grund, warum Bridey überall Gespenster sieht. Sie weiß, dass sie praktisch Mrs. Fanshaws Todesurteil unterschrieben hat, als sie zu verschweigen beschloss, wie gefährlich Patrick ist, und jetzt hat sie Todesangst, dass es publik wird.« Er machte eine kleine Pause. »Was natürlich im Lauf des Prozesses auch geschehen wird.«

Hatte er Recht? Wurzelte Brideys Angst in Schuldgefühlen? »Das befreit aber die Polizei nicht von der Verantwortung für ihre Sicherheit«, sagte sie.

»Nein«, bestätigte er, »nur glauben wir eben nicht, dass ihre Sicherheit gefährdet ist. Offen gesagt deutet bisher alles darauf hin, dass Liam selbst der Initiator dieser Hasskampagne ist. Die Wände des Hauses werden immer nachts beschmiert, mit einem Autospray, von dem Liam an die hundert Dosen in seinem Schuppen liegen hat. Es gibt nie Zeugen, und bis Bridey uns anruft, sind die Täter längst verschwunden. Wir haben keine Ahnung, ob das Telefon tatsächlich ständig läutet, wie sie behaupten, aber wir wissen, dass Bridey jedes Mal allein im Haus war, wenn am Telefon Drohungen ausgesprochen wurden. Das hat sie selbst zugegeben. Wir sind der Meinung, dass Liam selbst die Anrufe macht.«

»Aber warum sollte er das tun?«, fragte sie verwirrt.

»Vielleicht um den Prozessverlauf zu beeinflussen?«, meinte er. »Er hat eine andere Einstellung zu den Dingen als Sie und ich, Mrs. Lavenham, und er wäre durchaus fähig, Kilkenny Cottage eigenhändig zu zerstören, wenn er glaubte, dass das Patrick die Anteilnahme der Geschworenen einbringen wird.«

Konnte sie das glauben? War Liam so durchtrieben? »Sie sagten vorhin, Sie hätten immer wieder mit ihm zu tun gehabt. Warum denn? Was hatte er angestellt?«

»Autoschiebereien. Diebstahl. Fälschung von Autopapieren. Manipulation des Tachometerstandes. Sie können es sich aussuchen, er hatte überall seine Finger im Spiel. Der Schrotthandel war nur Fassade. In Wirklichkeit ging es um groß angelegte Autoschiebereien, wie schon gesagt.«

»Sie sprechen von der Zeit, als er noch in London lebte?«

»Ja.«

Sie überlegte einen Moment. »War er deswegen mal im Gefängnis?«

»Ein- oder zweimal. Meistens hat er es geschafft, sich irgendwie aus der Affäre zu ziehen. Er hatte damals Geld – eine Menge Geld – und konnte sich die besten Anwälte leisten. Bei seinem Umzug hat er einige Autos hier herunter transportieren lassen, vermutlich in der Absicht, das alte Spiel wieder aufzunehmen, aber nachdem Patrick ihm den Arm zertrümmert hatte, war er nur noch ein halber Mensch. Soweit ich gehört habe, macht er keine Geschäfte mehr und lebt jetzt stattdessen von der Invalidenunterstützung. Kein Mensch würde ihm Arbeit geben. Er ist zu unzuverlässig, um einer geregelten Arbeit nachzugehen. Genau wie sein Sohn.«

»So ist das also«, sagte Siobhan langsam.

Er wartete darauf, dass sie fortfahren würde, und als sie es nicht tat, sagte er: »Tja, Mrs. Lavenham, die Katze lässt das Mausen nicht. Ich wollte, ich könnte etwas anderes sagen, aber ich bin zu lange bei der Polizei. Da ist mir alle Naivität gründlich ausgetrieben worden.«

»Das ist doch wohl etwas sehr bequem, finden Sie nicht? Hat die Polizei *je* die Absicht gehabt, den O'Riordans eine Chance zu geben und sie neu anfangen zu lassen, Inspector?«

Er lächelte dünn. »O ja – fünfzehn Jahre lang –, dann hat Patrick Mrs. Fanshaw ermordet.«

»Und da sind Sie sicher?«

»Absolut«, antwortete er. »Er hat sie mit demselben Hammer getötet, mit dem er seinen Vater zum Krüppel geschlagen hat.«

Siobhan erinnerte sich des Entsetzens, das das ganze Dorf erfasst hatte, als im vergangenen Juni der Milchmann, stutzig geworden, weil an einem Sonntagmorgen um halb sechs Mrs. Fanshaws Haustür offen stand, die beiden Leichen gefunden hatte. Danach hatten nur noch die Polizei und Lavinias Enkel das Haus betreten, aber der Dorfklatsch hatte von einem Blutbad zu berichten gewusst – Lavinias Gehirnmasse an den Wänden verspritzt, die Pflegerin in ihrem Blut schwimmend in der Küche. Man hielt es für undenkbar, dass jemand aus dem Dorf so etwas getan haben könnte, und vermutete, es stecke eine Räuberbande von außerhalb dahinter, die in dem alten Herrenhaus, das Lavinia Fanshaw bewohnte, Wertgegenstände zu finden gehofft hatte.

Es kam nie ganz klar heraus, wieso sich der Verdacht der Polizei so schnell gegen Patrick O'Riordan gerichtet hatte. Gerüchte besagten, man habe überall im Haus seine Fingerabdrücke gefunden und in der Küche seinen Werkzeugkasten, aber Siobhan war von Anfang an davon überzeugt gewesen, dass die Polizei einen Tipp erhalten hatte. Wie auch immer, alle Zweifel schienen beseitigt, als bei einer Hausdurchsuchung Lavinias Schmuck unter den Dielen in Patrick O'Riordans Zimmer gefunden worden war. Er wurde unverzüglich unter Anklage gestellt.

Wie vorauszusehen, hatte sich Entsetzen in wütende Empörung gewandelt und da Patrick sich bereits in Gewahrsam befand, entlud sich der ganze Zorn des Dorfes über Liam und Bridey. Sie waren in Sowerbridge nie gern gesehen gewesen – ja, man wunderte sich allgemein, wie »so primitives Volk« es sich leisten konnte, ein *cottage* im ländlichen Hampshire zu erwerben, und was »diese Leute« überhaupt hier wollten –, aber nach den Morden behandelte man sie wie Ausgestoßene. Wäre es möglich gewesen, sie hinter Mauern zu verbannen, so hätte niemand im Dorf gezögert, das zu tun. So aber verwies man sie in ein gesellschaftliches Niemandsland, in dem sie nur bösen Blicken und eisigem Schweigen begegneten.

Konnte Liam wirklich so dumm gewesen sein, bei diesem Klima den Hass gegen sich und seine Familie noch zu schüren, indem er anti-irische Parolen an sein Haus sprühte?

»Wenn Patrick tatsächlich der Mörder ist, wieso haben Sie dann Lavinia Fanshaws Brillantringe nicht im Kilkenny Cottage gefunden?«, fragte sie den Inspector. »Warum haben Sie nur falschen Schmuck gefunden?«

»Wer hat Ihnen denn das erzählt? Bridey?«

»Ja.«

Er sah sie beinahe mitleidig an. »Sie hat leider gelogen, Mrs. Lavenham. Die Brillantringe waren im Haus.«

2

Montag, 8. März 1999 – 23 Uhr 45

Siobhan hatte die orangefarbene Glut am Nachthimmel schon eine ganze Weile beobachtet, bevor ihr müdes Gehirn reagierte und sie sich fragte, was die Helligkeit zu bedeuten hatte. Flutlichter? Ein Fest? Feuer, dachte sie erschrocken, als sie sich den ersten Häusern von Sowerbridge näherte und Funken wie Feuerwerksraketen in die Luft steigen sah. Sie drosselte das Tempo ihres Range Rover, als sie sich der Kurve bei der Kirche näherte. Sie wusste, dass es das Haus der O'Riordans sein musste und hätte am liebsten den Rückwärtsgang eingelegt, um davonzufahren, als könnte Verleugnung irgendetwas ändern. Aber da sah sie schon die Flammen, die an der Fassade des Hauses emporschlugen, und wusste, dass es für eine so simple Lösung zu spät war. Ein Polizeiwagen versperrte ein Stück weiter vorn die schmale Straße, und mit einem Gefühl der Beklommenheit gehorchte sie dem Signal der Taschenlampe, das ihr bedeutete, auf den Grasstreifen hinter dem Friedhofstor zu fahren.

Sie ließ ihr Fenster herunter, als der Polizist herankam, und spürte die Wärme des Feuers, die ihr Gesicht fächelte wie ein heißer Wüstenwind.

»Wohnen Sie in Sowerbridge, Madam?«, fragte er. Er war in Hemdsärmeln, und seine Stirn war schweißnass. Erstaunlich, dass ein kleines Haus, das zweihundert Meter entfernt stand, an einem kühlen Märzabend eine solche Hitze hervorbringen konnte.

»Ja.« Sie wies in Richtung zum Feuer. »Auf der Fording Farm. Das ist noch einmal einen knappen Kilometer hinter der Kreuzung.«

Er senkte den Strahl seiner Lampe kurz zu ihren Augen – neugierig gemacht vermutlich von ihrem weichen Dubliner Akzent –, bevor er ihn auf eine Straßenkarte richtete. »Am besten Sie fahren zurück und machen einen kleinen Umweg«, riet er. »Das wird Sie am wenigsten Zeit kosten.«

»Das geht aber nicht. Unsere Einfahrt geht von der Straße ab, die am Kilkenny Cottage vorbeiführt. Einen anderen Zugang zum Hof gibt es nicht.« Sie tippte mit dem Finger auf die Karte. »Da. Ganz gleich, wie ich fahre, ich muss immer auf die Kreuzung zurück.«

Scheinwerferlicht strich über ihren Rückspiegel, als noch ein Auto um die Kurve kam. »Warten Sie einen Moment hier, bitte.« Er entfernte sich, um dem anderen Fahrzeug Signal zu geben.

Siobhan starrte durch die Windschutzscheibe auf das Bild von Chaos und Zerstörung, das sich ihr bot. Sie hatte den Eindruck, es wimmelte von durcheinanderrennenden Menschen, aber das grelle Licht der Flammen blendete, und der Glanz des Wassers auf dem Asphalt machte es schwer zu erkennen, was Wirklichkeit und was Spiegelung war. Die verrosteten Wracks der alten Autos, die von Liams einzigem Versuch zeugten, wieder ins Geschäft einzusteigen, verwandelten das Grundstück der O'Riordans in einen Schrottplatz. Nun hoben sie sich scharf umrissen aus dem Feuerschein, und Siobhan musste an Cynthia Haversley denken, die gesagt hatte, die Autowracks seien nicht nur ein Schandfleck, sondern auch eine Gefahr im Fall eines Brandes. Cynthia hatte sich mit drastischem Nachdruck über die Gefährlichkeit von Benzin ausgelassen, aber wenn überhaupt noch Benzin in den rostzerfressenen Tanks war, entflammte es nicht. Das wirklich Gefährliche an den Schrottautos war, dass sie den Zugang zum Haus versperrten und die Feuerwehr wahrscheinlich Zeit und Mühe hatte verschwenden müssen, um ihre beiden Spritzenwagen in Stellung zu bringen. Siobhan fragte sich, ob überhaupt eine Chance bestanden hatte, das Haus zu retten.

In erwachender Sorge um ihre beiden kleinen

Söhne und Rosheen, das Kindermädchen, die allein im Haus waren, trommelte sie ungeduldig mit den Fingern auf das Lenkrad.

»Was soll ich tun?«, fragte sie den Polizisten, als dieser zurückkam, nachdem er den anderen Fahrer überredet hatte umzukehren. »Ich muss nach Hause.«

Er sah wieder auf die Karte. »Es gibt einen Fußweg, der hinten um die Kirche und das Pfarrhaus herumführt. Wenn Sie nichts dagegen haben, zu Fuß zu gehen, schlage ich vor, Sie lassen Ihren Wagen im Hof vor der Kirche stehen und nehmen diesen Weg. Ich geb's über Funk weiter und bitte einen der Kollegen drüben, auf der anderen Seite der Kreuzung, Sie bis zu Ihrer Einfahrt zu bringen. Wenn Sie das nicht wollen, müssen Sie leider hier warten, bis die Straße wieder frei ist, und das könnte noch einige Stunden dauern.«

»Ich geh zu Fuß.« Sie griff zum Schalthebel, ließ die Hand aber gleich wieder sinken. »Es ist doch niemand verletzt worden?«

»Nein. Die Besitzer sind nicht da.«

Siobhan nickte. Von den scharfen Blicken der Dorfbewohner verfolgt, waren Liam und Bridey an diesem Morgen unter Pfiffen und höhnischen Zurufen in ihrem alten Ford Kombi aus Sowerbridge hinausgefahren. »Die O'Riordans bleiben in Winchester, bis der Prozess vorbei ist.«

»Ja, haben wir gehört«, sagte der Polizist.

Er zog einen Schreibblock aus seiner Brusttasche, und Siobhan sagte: »Dann haben Sie vermutlich so etwas erwartet? Ich meine, alle Welt hat ja gewusst, dass das Haus leer steht.«

Er blätterte zu einer leeren Seite. »Ich brauche Ihren Namen, Madam.«

»Siobhan Lavenham.«

»Und das Kennzeichen Ihres Wagens bitte, Mrs. Lavenham.«

Sie gab ihm die Nummer an. »Sie haben meine Frage nicht beantwortet«, bemerkte sie ruhig.

Er hob den Blick, um sie anzusehen, aber es war unmöglich, den Ausdruck seiner Augen zu erkennen. »Was für eine Frage?«

Sie glaubte, ein Lächeln in seinem Gesicht zu sehen und wurde augenblicklich zornig. »Sie finden es nicht verdächtig, dass das Haus abbrennt, kaum dass Liam fort ist?«

Er runzelte die Stirn. »Ich verstehe nicht, Mrs. Lavenham.«

»Ach was, Sie wissen genau, was ich meine«, entgegnete sie aufgebracht. »Seit dem Tag, an dem Patrick verhaftet wurde, droht man den O'Riordans damit, ihnen das Haus anzuzünden, aber die Polizei interessiert das überhaupt nicht.« Sie versuchte gar nicht, ihren Zorn zu zügeln. »Der Sohn steht unter Anklage, Herrgott noch mal, nicht die

Eltern, aber das scheint die Polizei ja nicht zu kümmern.« Mit einem Ruck legte sie den Gang ein und fuhr zum Tor des Kirchhofs, wo sie im Windschatten der Mauer parkte und das Fenster schloss. Sie wollte gerade die Tür aufstoßen, als diese von draußen aufgezogen wurde.

»Was wollen Sie mir eigentlich sagen?«, fragte der Polizist scharf, als sie ausstieg.

»Was ich Ihnen sagen will?« Sie schlug breitesten irischen Dialekt an. »Nun hör sich das einer an! Und ich dachte, mein Englisch wär so gut wie Ihres.«

Sie war so groß wie der Constable, eine auffallend gut aussehende Frau. Der Mann bekam einen roten Kopf. »So hab ich das nicht gemeint, Mrs. Lavenham. Ich meinte, wollen Sie sagen, dass es Brandstiftung war?«

»Natürlich war es Brandstiftung«, versetzte sie, während sie sich das lange braune Haar im Nacken zusammenband und ihren Mantelkragen gegen den Wind hochklappte, der zweihundert Meter entfernt das Feuer anfachte. »Oder wollen Sie das Gegenteil behaupten?«

»Können Sie das denn beweisen?«

»Ich dachte, das wäre Ihre Aufgabe.«

Er klappte wieder seinen Block auf. Er hatte mehr Ähnlichkeit mit einem eifrigen Schüler als einem Polizeibeamten. »Wissen Sie, wer es getan haben könnte?«

Sie griff in den Wagen nach ihrer Handtasche. »Wahrscheinlich dieselben Leute, die ›Irisches Pack‹ auf die Hausmauer geschmiert haben«, antwortete sie, schlug krachend die Tür zu und sperrte ab. »Oder vielleicht waren es auch die, die vor zwei Wochen in der Nacht ins Haus eingedrungen sind, Brideys Madonnenfigur zertrümmert und den ganzen Teppich vollgepisst haben, auf dem die Scherben lagen.« Er schien immerhin einigermaßen bestürzt. »Ach, vergessen Sie's«, sagte sie verdrossen. »Es ist spät, und ich bin müde und möchte heim zu meinen Kindern. Können Sie jetzt durchrufen, damit ich drüben nicht aufgehalten werde?«

»Das mach ich vom Wagen aus.« Er wollte sich schon abwenden, aber dann hielt er inne. »Ich werde Ihre Vermutungen weiterleiten, Mrs. Lavenham, auch Ihren Vorwurf, dass die Polizei ihre Pflicht vernachlässigt hat.«

Sie lächelte dünn. »Ist das eine Drohung oder ein Versprechen, Officer?«

»Ein Versprechen.«

»Dann kann ich nur hoffen, dass Sie mehr Glück haben werden als ich hatte. So wie Ihre Kollegen auf meine Warnungen reagiert haben, hätte ich ebenso gut Gälisch sprechen können.« Sie machte sich auf den Weg.

»Beschwerden müssen schriftlich vorgebracht werden«, rief er ihr nach.

»Oh, ich hab sie schriftlich vorgebracht«, rief sie zurück. »Ich bin zwar Irin, aber ich bin keine Analphabetin.«

»Das wollte ich damit nicht –«

Der Rest seiner Entgegnung erreichte sie nicht mehr. Sie war schon um die Ecke der Kirche gebogen.

Donnerstag, 18. Februar 1999

Siobhan hatte einige Tage gebraucht, um den Mut zu finden, Bridey mit dem zu konfrontieren, was sie von dem Inspector der Kriminalpolizei erfahren hatte. Schon wenn sie an das Gespräch dachte, kam sie sich wie eine Diebin vor. Geheimnisse waren etwas tief Persönliches; Teile von einem selbst, die nicht enthüllt werden konnten, ohne einen veränderten Blick auf das Ganze herauszufordern. Aber das Misstrauen fraß an ihrem Wohlwollen, und sie brauchte die Versicherung, dass Bridey wenigstens an Patricks Unschuld glaubte.

Sie folgte der alten Frau im Rollstuhl ins Wohnzimmer und setzte sich auf die Kante eines speckigen Sofas, auf dem es sich Liam in seinem ölverschmierten Overall bequem zu machen pflegte, wenn er nach stundenlangem Herumbasteln unter einem seiner Schrottautos ins Haus kam. Es war

Siobhan schleierhaft, was er da trieb; keines der Dinger schien mehr fahrtüchtig zu sein, und sie hatte manchmal den Verdacht, er benütze sie nur als Unterschlupf, um ungestört seine Tage zu verschlafen. Er klagte oft genug, die Verkrüppelung seiner rechten Hand, die er stets in der Jackentasche versteckte, um anderen den unerfreulichen Anblick zu ersparen, habe ihn jeder Möglichkeit beraubt, durch Arbeit für sich und seine Familie zu sorgen, aber in Wahrheit war er ein fauler Mensch, der sich allenfalls einmal zu körperlicher Anstrengung aufraffte, wenn er seiner Frau aus dem Rollstuhl in den alten Ford Kombi half.

»Seine linke Hand ist völlig in Ordnung«, pflegte Cynthia Haversley mit höhnischer Geringschätzung festzustellen, wenn sie die Pantomime vor dem Cottage beobachtete, »aber so wie er sich anstellt, könnte man meinen, ihm fehlten beide Hände.«

Insgeheim, und mit einer gewissen Erheiterung, vermutete Siobhan, dass diese Vorstellungen eigens für die ehrenwerte Mrs. Haversley inszeniert wurden, die kein Hehl aus ihrer Empörung darüber machte, wie gut die O'Riordans von der Sozialhilfe lebten. Denn warum sollte eine Frau, die so starke Arme besaß, dass sie sich auf dem Hinterteil die Treppe hinaufschieben konnte, wie Bridey das jeden Abend tat, nicht fähig sein, sich aus eigener Kraft vom Rollstuhl ins Auto zu hieven?

Das Wohnzimmer des Hauses – Bridey nannte es den »Salon« – war überladen mit religiösen Objekten: auf dem Kaminsims eine stets blumengeschmückte Madonna mit Kind, an einer Wand ein großes hölzernes Kruzifix, an einer anderen eine Reproduktion von William Holman Hunts *Das Licht der Welt*, von einem Haken herabhängend ein Rosenkranz. Bei Siobhan, für die der Glaube mehr Prüfung als Trost war, stellte sich in diesem Raum unweigerlich eine Art religiöser Klaustrophobie ein, die sie ungeduldig machte, wieder ins Freie hinauszukommen und frische Luft zu atmen.

Unter normalen Umständen hätten sich die Wege der O'Riordans, Abkömmlinge einer Sippe umherziehender Kesselflicker, und Siobhan Lavenhams (geborene Kerry), Tochter eines irischen Großgrundbesitzers, niemals gekreuzt. Tatsächlich hatte Siobhan, als sie mit Ian, ihrem Mann, die Fording Farm das erste Mal besichtigt hatte und sofort begeistert gewesen war, mit Schaudern auf das verwahrloste Anwesen der O'Riordans gedeutet und mit ihrer Vermutung darüber, was für Leute dort lebten, genau ins Schwarze getroffen. Irische Zigeuner, hatte sie gesagt.

»Und würde dich das stören?«, hatte Ian gefragt.

»Nur wenn die Leute glauben, wir seien verwandt«, hatte sie lachend geantwortet und nicht einen Moment befürchtet, dass das geschehen könnte …

Brideys unterwürfiges Gebaren erinnerte Siobhan immer an einen geprügelten Hund, und sie wiederholte nur mit starkem Widerstreben die Beschuldigungen des Inspectors, als sie Bridey fragte, ob die Geschichte von dem Autounfall und die Behauptung, Patrick habe niemals die Hand gegen seinen Vater erhoben, gelogen gewesen seien. Bridey begann sofort zu weinen und knetete ihre Hände im Schoß, als wollte sie sich wie Lady Macbeth von Sünde reinwaschen.

»Wenn ich gelogen hab, Siobhan, dann doch nur, damit Sie gut von uns denken. Sie sind eine wirklich nette Dame, und Sie haben ein gutes Herz, aber Sie hätten Patrick bestimmt nicht mit Ihren Kindern spielen lassen, wenn Sie gewusst hätten, was er seinem Vater angetan hat. Und Sie hätten Rosheen nicht zu sich ins Haus genommen, wenn Sie gewusst hätten, dass ihr Onkel Liam früher mal ein Dieb war.«

»Sie hätten mir vertrauen sollen, Bridey. Ich habe Rosheen nicht entlassen, als Patrick wegen Mordes verhaftet wurde. Glauben Sie, ich hätte sie abgelehnt, nur weil Liam einmal im Gefängnis war?«

»Ja, weil Ihr Mann Sie dazu überredet hätte«, erwiderte Bridey und traf damit genau die Wahrheit. »Es hat ihn doch von Anfang an gestört, dass Rosheen mit uns verwandt ist. Für ihn zählt es gar nicht, dass sie in Irland aufgewachsen ist und uns praktisch nicht gekannt hat, bis Sie gesagt haben, dass sie herkommen und bei Ihnen arbeiten kann.«

Es wäre sinnlos gewesen, das zu leugnen. Ian duldete Rosheen O'Riordan Siobhan zuliebe und weil seine kleinen Söhne an ihr hingen, aber viel lieber wäre ihm ein Kindermädchen gutbürgerlicher Herkunft gewesen. Rosheens lockere Auffassung von Kindererziehung, die auf ihren eigenen Kindheitserfahrungen beruhte – sie war in den Bergen Donegals mit zahlreichen Geschwistern in einem kleinen Haus aufgewachsen, die Kinder hatten zu viert in einem Bett geschlafen und Spielen war Abenteuer, Freiheit und Spaß gewesen –, unterschied sich so sehr von der strengen Beaufsichtigung, die er selbst als Kind erfahren hatte, dass sie ihm suspekt war.

»Die Kinder wachsen ja wie die Wilden auf«, pflegte er zu sagen. »Sie setzt ihnen nicht genug Grenzen.« Und Siobhan betrachtete dann ihre beiden vergnügten, lebhaften Jungen und fragte sich, warum die Engländer so viel von Unterdrückung hielten.

»Er sorgt sich um seine Kinder, Bridey, seit Patricks Verhaftung noch mehr. Wir bekommen auch

Anrufe, wissen Sie. Jeder weiß, dass Rosheen seine Cousine ist.«

Sie erinnerte sich des ersten solchen Anrufs, den sie erhalten hatte. Sie hatte ihn in der Küche entgegengenommen, wo Rosheen das Abendessen für die Kinder machte und war entsetzt gewesen über die Flut anti-irischer Beschimpfungen, mit der sie überschüttet worden war. Erschrocken hatte sie Rosheen angesehen und am ängstlichen Blick des Mädchens erkannt, dass dies nicht der erste derartige Anruf im Haus war. Danach hatte sie sich einen Anrufbeantworter besorgt und Rosheen verboten, ans Telefon zu gehen, bevor sie wusste, wer am Apparat war.

Bridey schaute tief bekümmert zu der Madonna auf dem Kaminsims hinauf. »Ich bete jeden Tag für Sie, Siobhan, genauso wie ich für unseren Patrick bete. Gott weiß, dass ich einer freundlichen Dame wie Ihnen niemals solchen Ärger gewünscht hätte. Und warum das alles? Ist es vielleicht eine Sünde, Ire zu sein?«

Siobhan seufzte im Stillen. Brideys devotes Beharren darauf, sie als »Dame« zu bezeichnen, ging ihr auf die Nerven. Sie zweifelte nicht an Brideys Glauben, auch nicht daran, dass sie jeden Tag getreulich betete, aber sie bezweifelte Gottes Fähigkeit, den Mord an Lavinia Fanshaw acht Monate nach vollbrachter Tat ungeschehen zu machen.

Und wenn Patrick schuldig war und Bridey es wusste...

»Es geht nicht um die Nationalität«, sagte sie schroff, »es geht darum, ob Patrick ein Mörder ist oder nicht. Es wäre mir lieber, Sie wären ehrlich mit mir, Bridey. Im Augenblick kann ich keinem von Ihnen trauen, auch Rosheen nicht. Weiß sie von seiner Vergangenheit? Hat sie mich auch belogen?« Sie wartete schweigend auf Antwort, aber Bridey schüttelte nur den Kopf.

»Ich will Ihnen ja nicht die Schuld am Verhalten Ihres Sohnes geben«, fuhr sie versöhnlicher fort, »aber Sie können nicht erwarten, dass ich mich weiter für ihn einsetze, wenn er schuldig ist.«

»Gewiss nicht, und das würde ich auch nie von Ihnen verlangen«, erwiderte die alte Frau mit Würde. »Und was Rosheen angeht, können Sie sich beruhigen. Wir haben vor fünfzehn Jahren beschlossen, die Wahrheit für uns zu behalten. Liam wollte nicht, dass seinem Sohn was zum Vorwurf gemacht wird, woran er keine Schuld hatte. Wir sagen, es war ein Autounfall, hat er gesagt, und Gott soll mich auf der Stelle tot umfallen lassen, wenn ich je wieder im Zorn meine Hand erhebe.« Sie griff zu den Rädern ihres Rollstuhls hinunter und schob sie langsam eine halbe Umdrehung vorwärts. »Ich will ehrlich sein – ich kann erst die letzten fünfzehn Jahre nachts ruhig in meinem Bett schlafen, obwohl ich krank bin und obwohl ich seit fast vierzig Jahren mit Liam verheiratet bin. O ja, Liam war ein schlimmer Mensch, und es stimmt, dass unser Patrick einmal, nur einmal, wütend geworden ist und ihn angegriffen hat, aber ich schwöre bei der heiligen Muttergottes, dass sich an dem Tag, an dem mein armer Junge weinend über das, was er angerichtet hatte, selbst die Polizei angerufen hat, in unserer Familie alles zum Besseren gewendet hat. Wollen Sie mir nicht glauben, Siobhan? Wollen Sie nicht einer alten Frau vertrauen, wenn sie Ihnen sagt, dass ihr Sohn Patrick so unfähig gewesen wäre, die alte Mrs. Fanshaw zu töten, wie ich unfähig bin, aus diesem Rollstuhl aufzustehen? O ja, er hat ihr Schmuck gestohlen – und das war nicht recht von ihm –, aber er wollte sich nur holen, worum sie ihn betrogen hatten.«

»Bloß gibt es keinen Beweis dafür, dass er um etwas betrogen wurde. Die Polizei sagt, im Haus sei kaum eine Spur von Ausbesserungsarbeiten zu sehen. Ein, zwei Risse in der Wand, die verspachtelt worden sind, aber längst nicht genug, um einen Preis von dreihundert Pfund zu rechtfertigen.«

»Er war zwei Wochen lang jeden Tag da oben«, beteuerte Bridey verzweifelt. »Und jeden Tag zwölf Stunden.«

»Warum sieht man dann nichts von seiner Arbeit?«

»Das weiß ich doch nicht«, antwortete Bridey. »Ich kann Ihnen nur sagen, dass er jeden Abend heimgekommen ist und mir erzählt hat, was er alles gemacht hat. Einmal hat er die Heizung repariert. Dann hat er die Fliesen in der Küche neu verlegt, die sich gelockert hatten. Miss Jenkins hat ihm immer die Aufträge gegeben, und sie war heilfroh, dass diese ganzen lästigen kleinen Schäden endlich ein für alle Mal in Ordnung gebracht wurden.«

Siobhan erinnerte sich der Worte des Kriminalbeamten. »Es ist niemand mehr da, der zustimmen oder widersprechen kann«, hatte er gesagt. »Mrs. Fanshaws Enkel bestreitet, irgendetwas von einer Abmachung zu wissen. Er gibt allerdings zu, dass eine private Vereinbarung zwischen Patrick und der Pflegerin bestanden haben könnte, es ist bekannt, dass sie auf gutem Fuß mit ihm stand …«

»Die Polizei meint, Patrick habe die Vereinbarung nur erfunden, um erklären zu können, wieso überall im Haus seine Fingerabdrücke waren.«

»Das stimmt aber nicht.«

»Wirklich nicht? Die Idee mit der Vereinbarung ist ihm doch erst gekommen, als die Polizei mit dem Durchsuchungsbefehl anrückte. Sie hatten ihn zwei Tage lang vernommen, Bridey, und da hat er als Erklärung dafür, dass man seine Fingerabdrücke und seinen Werkzeugkasten im Herrenhaus gefunden hatte, immer nur gesagt, Lavinias Pflegerin hätte ihn gebeten, die tropfenden Wasserhähne in der Küche und im Bad zu richten. Warum hat er nicht gleich was von der Vereinbarung gesagt? Warum ist er erst, als sie den Schmuck in seinem Zimmer fanden, damit rausgerückt, dass Lavinia ihm Geld schuldig geblieben war?«

Bridey weinte. Die Tränen tropften auf ihre unruhigen Hände. »Weil er schon mal im Gefängnis war und der Polizei nicht traut ... weil er Mrs. Fanshaw nicht getötet hat ... weil er viel mehr Angst davor hatte, wegen dem Diebstahl von ihrem Schmuck angeklagt zu werden als wegen dem Mord. Glauben Sie, er hätte eine Vereinbarung erfunden, die es gar nicht gab? Mein Sohn ist nicht dumm, Siobhan. Er erzählt keine Geschichten, die er nicht beweisen kann. Schon gar nicht, wenn er zwei Tage Zeit gehabt hat, darüber nachzudenken.«

Siobhan schüttelte den Kopf. »Aber er konnte seine Geschichte ja nicht beweisen. Sie sind außer Patrick der einzige Mensch, der behauptet, etwas von der Vereinbarung zu wissen, und Ihr Wort zählt nicht, weil Sie seine Mutter sind.«

»Aber begreifen Sie denn nicht?«, fragte Bridey freundlich. »Das ist doch der beste Beweis dafür, dass Patrick die Wahrheit sagt. Wenn er auch nur einen Moment geglaubt hätte, dass die alles leugnen, hätte er einen anderen Grund dafür genannt, warum er den Schmuck mitgenommen hat. Verstehen Sie, was ich sage? Er ist ein schlauer Lügner, Siobhan – war es leider immer, der Herr verzeih ihm –, und er hätte niemals so eine fadenscheinige Geschichte erfunden wie die, aus der sie ihm jetzt einen Strick drehen wollen.«

3

Dienstag, 23. Juni 1998

Die Geschichte, die Patrick zu seiner Verteidigung vorbrachte, als ihm schließlich klar wurde, dass die Polizei ernstlich vorhatte, ihn der beiden Morde anzuklagen, war weitschweifig und umständlich. Siobhan hörte sowohl Brideys als auch des Inspectors Version davon und war nicht verwundert, dass die Polizei Mühe hatte, sie zu schlucken. Sie beruhte beinahe ausschließlich auf den Worten und Taten der ermordeten Pflegerin.

Patrick behauptete, Dorothy Jenkins sei eines Tages an ihn herangetreten und habe ihn gefragt, ob er bereit wäre, gegen Bezahlung von dreihundert Pfund verschiedene Ausbesserungsarbeiten im Herrenhaus zu übernehmen. »Ich habe diesem elenden Knauser, ihrem Enkel, endlich klar gemacht, dass ich eines Tages meine Sachen packe und nicht wiederkomme, wenn er nicht endlich für bessere Arbeitsbedingungen sorgt. Und er zahlt«, hatte sie angeblich triumphierend erzählt. »Wie sieht es aus, Patrick? Sind Sie interessiert? Ein bisschen Schwarzgeld – keine Mehrwertsteuer – keine Einkommensteuer – zwei Wochen Arbeit und dafür Geld bar auf die Hand. Aber reden Sie bloß nicht darüber«, hatte sie ihn gewarnt, »sonst schwärzt Cynthia Haversley Sie schnurstracks beim Sozialamt an und dann bekommen Sie keine Arbeitslosenunterstützung mehr. Sie wissen doch, was für eine Wichtigtuerin diese Frau ist.«

»Aber ich wollte erst ganz sicher sein, dass die mich nicht reinlegt«, erklärte Patrick der Polizei. »Dieser Kerl, ich mein, der Enkel von Mrs. F., hatte mich früher schon ein paar Mal abfahren lassen, drum ist mir die ganze Sache ziemlich unwahrscheinlich vorgekommen. Daraufhin hat sie mich mit zu ihm genommen. Zuckersüß war er. Gibt mir die Hand drauf und sagt, es wär abgemacht. Begraben wir das Vergangene, sagt er. Ich hab zwei Wochen lang geschuftet wie ein Pferd, sag ich Ihnen. – Ja, klar war ich auch in Mrs. Fanshaws Schlafzimmer. Ich hab jeden Morgen zu ihr reingeschaut. Wir haben uns gut verstanden, wir zwei. Ich hab ›Hallo‹ gesagt und dann hat sie ein bisschen gelacht und auch ›Hallo‹ gesagt. – Logisch, dass ich praktisch alles in dem Haus mal angefasst hab – die meiste Zeit hab ich ja für Miss Jenkins Möbel gerückt. ›Es ist schrecklich langweilig, wenn man zu alt wird, um selber mal ein bisschen was zu verändern‹, hat sie zu mir gesagt. ›Schauen wir doch mal, wie der Tisch sich da drüben macht.‹ Und dann hat sie geklatscht und gesagt: ›Ist das nicht aufregend?‹ Ehrlich, die war beinahe genauso übergeschnappt wie die alte Mrs. Fanshaw, aber ich hab nichts gesagt. Dreihundert Pfund sind schließlich dreihundert Pfund. Wenn sie ihren Spaß dran hatte, mir war's recht.«

Am zweiten Samstag – »das war der Tag, an dem ich mein Geld kriegen sollte... Scheiße, ich hätt wissen müssen, dass die mich ausschmieren würden...« – erwartete ihn Mrs. Fanshaws Enkel im Foyer des Herrenhauses, als er eintraf.

»Ich dachte, der Kerl wär gekommen, um mir meinen Lohn zu geben. Stattdessen beschuldigt er mich, ich hätt eine Halskette geklaut. Ich hab gesagt, er wär ein gottverdammter Lügner, und da hat er mir eine gelangt. Er hat ausgeholt und mich am Kinn getroffen. Und eh ich weiß, was eigentlich los ist, flieg ich zur Tür raus und knalle vorn auf den Kies. Ja, genau, davon hab ich die Kratzer. Ich hab mein Leben lang nie eine Frau geschlagen, wär mir nicht eingefallen, mich an den beiden Alten im Herrenhaus zu vergreifen.«

Danach war er seiner Behauptung zufolge zwei Stunden wütend in seinem Auto herumgefahren und hatte überlegt, wie er »diesen Saukerl« dazu bringen könne, ihm zu zahlen, was er ihm schuldete. Er spielte sogar mit dem Gedanken zur Polizei zu gehen – »Ich war ziemlich sicher, dass Miss Jenkins mich unterstützen würde, die hatte nämlich eine Stinkwut auf ihn, aber dann hab ich mir gedacht, dass Sie wahrscheinlich gar nichts tun können, jedenfalls nicht ohne dass das Sozialamt davon erfahren hätte und da wär ich ja dann noch schlimmer dran gewesen als vorher ...« – Am Ende hatte er sich für einen direkteren Weg entschieden und hatte sich durch die hintere Gartenpforte zum Herrenhaus geschlichen.

»Ich hab gewusst, dass Miss Jenkins dafür sorgen würde, dass ich zu meinem Geld komm, wenn's ihr irgendwie möglich wär. Und ich hatte Recht. ›Nehmen Sie das hier, Patrick‹, hat sie gesagt und mir ein paar Schmuckstücke von Mrs. F. gegeben. ›Und wenn es Schwierigkeiten geben sollte, werd ich sagen, dass es meine Idee war.‹ Sie können's mir glauben«, schloss er aggressiv, »es geht mir verdammt an die Nieren, dass es Mrs. F. und Miss Jenkins erwischt hat. Die haben mich wenigstens wie einen normalen Menschen behandelt, was ich von den übrigen Leuten in Sowerbridge nicht behaupten kann.«

Man fragte ihn, warum er das alles nicht schon früher erwähnt habe.

»Weil ich kein Idiot bin«, antwortete er. »Es

heißt, dass Mrs. F. wegen ihrem Schmuck getötet worden ist. Denken Sie, ich geb freiwillig zu, dass ich einen Teil davon bei mir im Zimmer unter den Dielen hab, wenn sie ein paar Stunden vorher totgeschlagen worden ist?«

Donnerstag, 18. Februar 1999

Siobhan ließ sich die Geschichte ein paar Minuten lang durch den Kopf gehen. »Tja, mit dieser Aussage wird er sich nun vor Gericht verteidigen müssen, Bridey, und im Moment glaubt ihm kein Mensch. Es wäre etwas anderes, wenn er irgendeinen Beweis dafür hätte, dass die Geschichte wahr ist.«

»Was denn für einen?«

»Ich weiß auch nicht.« Sie schüttelte den Kopf. »Hat er den Schmuck jemandem gezeigt, *bevor* Lavinia getötet wurde?«

Ein durchtriebener Blick schlich sich in Brideys Augen, als wäre ihr plötzlich ein neuer Gedanke gekommen. »Nur mir und Rosheen«, sagte sie, »aber Sie wissen ja, dass uns niemand glaubt, ganz gleich, was wir sagen.«

»Hat eine von Ihnen beiden jemandem davon erzählt?«

»Nein. Ich mein, wenn man's genau nimmt, hat

er den Schmuck ja ohne Erlaubnis an sich genommen, auch wenn Miss Jenkins ihn ihm gegeben hat.«

»Schade, dass Rosheen mir nichts davon erzählt hat. Es wäre alles anders, wenn ich sagen könnte, ich hätte schon am Samstagnachmittag gewusst, dass Patrick Lavinias Halskette in Besitz hatte.«

Bridey wandte sich ab. Sie sah zur Madonna hinauf und bekreuzigte sich, und Siobhan wusste, dass sie log. »Sie hält große Stücke auf Sie, Siobhan. Sie würde Sie niemals mit den Problemen ihres Vetters belästigen wollen. Außerdem hätte Sie das doch gar nicht interessiert. Waren Sie nicht an dem Tag mit den Vorbereitungen für das Essen am Abend beschäftigt? Das war doch der Samstag, an dem Sie Mr. und Mrs. Haversley eingeladen hatten, um sich bei ihnen für die vielen Einladungen zu revanchieren, auf die Sie nie scharf waren.«

In einem Dorf, dachte Siobhan, gab es keine Geheimnisse, und wenn Bridey wusste, wie sehr sie und Ian die geisttötende Monotonie des gesellschaftlichen Lebens in Sowerbridge hassten, das sich einzig um die allzu regelmäßigen »Abendeinladungen« drehte, dann wusste das vermutlich auch der Rest der Leute hier.

»Sind wir wirklich so leicht zu durchschauen, Bridey?«

»Für die Iren schon, aber nicht für die Engländer«, antwortete Bridey mit einem schiefen Lächeln. »Die Engländer sehen, was sie sehen wollen. Wenn Sie mir nicht glauben, Siobhan, dann schauen Sie sich an, wie sie unseren Patrick als Dieb und Mörder verurteilt haben, noch eh ihm überhaupt der Prozess gemacht worden ist.«

Siobhan hatte Rosheen später nach dem Schmuck gefragt, und das Mädchen hatte genau wie Bridey verzweifelt die Hände gerungen. Aber Rosheens Verzweiflung hatte sich nicht auf die Tatsachen bezogen, sondern einzig auf die Erwartung ihrer Tante, dass sie für Patrick lügen würde. »Ach, Siobhan«, hatte sie gejammert, »erwartet sie wirklich von mir, dass ich vor Gericht lüge? Es würde doch Patrick nur schaden, wenn sie mich ertappen. Es ist doch bestimmt besser, gar nichts zu sagen, als Geschichten zu erfinden, die kein Mensch glaubt?«

Montag, 8. März 1999 – 23 Uhr 55

Es war kalt auf dem Fußweg. Die Hitze des Feuers wurde von der Mauer des alten Pfarrhauses abgehalten. Doch das Lärmen des brennenden Hauses war ohrenbetäubend. Die Kiefernbalken und Deckenpfeiler barsten mit einem Getöse, das wie Geschützkrachen klang, und das Feuer zischte und brauste mit wütender Gier.

Als Siobhan auf die Straße hinaustrat, die von der Kreuzung hier heraufführte, sah sie sich unversehens in einer Versammlung ihrer Nachbarn, die mit unverhohlener Schaulust den Brand beobachteten – beinahe so, dachte sie ungläubig, als handelte es sich um ein besonders spektakuläres Feuerwerk, das man eigens zu ihrer Belustigung arrangiert hatte. Jedes Mal wenn wieder ein Dachbalken Feuer fing, hoben die Leute die Arme, um die anderen darauf aufmerksam zu machen, und begleiteten das Schauspiel mit lautem »Ooh« und »Aah« in einem Ton, der wie Jubel klang. Gleich, dachte sie zynisch, würden sie ein Abbild jenes anderen verhassten Katholiken, Guy Fawkes, anschleppen, den man alle Jahre wieder in Gestalt einer Strohpuppe verbrannte, weil er versucht hatte, die Parlamentsgebäude in die Luft zu sprengen.

Sie begann, sich zwischen den Leuten hindurchzudrängen, wurde aber von Nora Bentley aufgehalten, der alten Arztfrau, die sie am Arm festhielt und zu sich heranzog. Die Bentleys waren Siobhan unter ihren Nachbarn bei weitem die Angenehmsten. Sie waren die Einzigen, die genug Toleranz besaßen, um den ständigen Hasstiraden, mit denen fast alle hier die O'Riordans verfolgten, standzuhalten. Sie hatten es, wie Ian häufig bemerkte, allerdings auch leicht, tolerant zu sein. »Du musst fair sein, Siobhan. Lavinia war nicht verwandt mit ihnen. Sie würden sich vielleicht anders verhalten, wenn sie *ihr* Großmütterchen gewesen wäre.«

»Wir haben uns schon Sorgen um Sie gemacht, Kind«, sagte Nora. »Wir wussten nicht, wo Sie waren.«

Siobhan drückte sie kurz an sich. »Ich war unterwegs. Ich habe länger gearbeitet, weil noch ein paar Verträge fertig gemacht werden mussten. Und als ich hier ankam, musste ich den Wagen an der Kirche stehen lassen.«

»Ach, und Ihre Einfahrt ist völlig blockiert von den Feuerwehrfahrzeugen. Wenn es Ihnen ein Trost ist, wir sitzen alle im selben Boot. Und Jeremy Jardine und die Haversleys müssen sich sogar noch um ihre Häuser sorgen. Bei dem Wind können ja leicht Funken überspringen, und dann geht alles in Flammen auf.« Sie lachte plötzlich leise. »Es ist wirklich zu komisch. Erst hat Cynthia den Feuerwehrleuten so lange zugesetzt, bis sie sicherheitshalber die Fassade vom Malvern House abgespritzt haben, und jetzt beschimpft sie den armen alten Peter, weil er das Schlafzimmerfenster offen gelassen hat. Das ganze Zimmer schwimmt.«

Siobhan lachte ebenfalls. »Gut«, sagte sie herzlos. »Es kann Cynthia nicht schaden, wenn sie auch mal einen auf den Deckel bekommt.«

Nora wackelte mahnend mit dem Zeigefinger.

»Seien Sie nicht zu hart mit ihr, Kind. Sie mag ja schwierig sein, aber sie kann auch ganz reizend sein, wenn sie will. Schade, dass Sie sie von der Seite noch nicht kennen gelernt haben.«

»Darauf bin ich auch gar nicht besonders scharf«, erwiderte Siobhan. »Sie zeigt sich wahrscheinlich sowieso nur von ihrer guten Seite, wenn sie Almosen verteilt. Wo sind die Haversleys überhaupt?«

»Keine Ahnung. Ich nehme an, Peter macht die Betten im Gästezimmer, und Cynthia steht irgendwo ganz vorn und spielt den Feuerwehrhauptmann. Sie kennen ja unseren kleinen Diktator.«

»O ja«, stimmte Siobhan zu, die Cynthias tyrannisches Gehabe bereits weit häufiger genossen hatte, als ihr lieb war. Wenn sie es in irgendeiner Weise bedauerte, nach Sowerbridge gezogen zu sein, dann einzig wegen der ehrenwerten Mrs. Haversley und ihrer hochfahrenden Art.

Auf Grund einer dieser Launen des Gesetzes, die für England so typisch sind, gehörten die ersten dreißig Meter Einfahrt der Fording Farm zum Grundstück von Malvern House; die Eigentümer der Farm genossen lediglich dauerndes Benutzungsrecht. Die Folge davon war, dass zwischen den beiden Parteien sehr schnell Krieg ausgebrochen war, ein Krieg allerdings, der schon Tradition gehabt hatte, ehe vor bescheidenen achtzehn Monaten die Lavenhams sich auf der Farm niedergelassen hatten. Ian behauptete, Cynthias Vorliebe dafür, ständig auf ihre Rechte zu pochen, käme daher, dass die Haversleys immer schon die armen Verwandten der Fanshaws im Herrenhaus gewesen waren. (»Man verarmt langsam immer mehr, wenn man über die weibliche Linie erbt«, erklärte er, »und Peters Familie konnte nie Rechte auf das Herrenhaus geltend machen. Das hat Cynthia verbittert.«) Hätten er und Siobhan auf die Warnungen ihres Anwalts gehört, so hätten sie sich vielleicht gefragt, weshalb ein so schönes Anwesen innerhalb von weniger als zehn Jahren fünf Mal den Eigentümer gewechselt hatte. Sie hatten jedoch unbesehen den Versicherungen des Verkäufers geglaubt, dass alles eitel Wonne sei – »Cynthia Haversley wird Ihnen gefallen. Sie ist eine charmante Person« –, und die zahlreichen Wechsel dem Zufall zugeschrieben.

Eine Explosion wie von einer Granate krachte aus der Tiefe des Feuers, und Nora Bentley fuhr zusammen. Sie griff sich mit flatternder Hand ans Herz. »Du meine Güte, das ist ja wie im Krieg«, rief sie. »*Wahn*sinnig aufregend.« Sie schwächte diese unangemessene Bemerkung sofort ab, indem sie beteuerte, die O'Riordans täten ihr Leid, aber es war klar, dass ihr Mitgefühl hinter ihrer Sensationslust ein gutes Stück zurück blieb.

»Sind Liam und Bridey hier?«, fragte Siobhan, sich umsehend.

»Ich glaube nicht. Wissen Sie, ich frage mich, ob sie überhaupt eine Ahnung davon haben, was hier passiert. Sie wollten partout nicht damit herausrücken, wo sie in Winchester wohnen; wenn die Polizei nicht weiß, wo sie zu erreichen sind, wer soll ihnen dann Bescheid gesagt haben?« Sie zuckte die Achseln.

»Rosheen weiß, wo sie sind.«

Nora lächelte zerstreut. »Ja, aber sie ist mit Ihren Söhnen auf der Farm.«

»Wir haben Telefon, Nora.«

»Ich weiß, Kind, aber es kam ja alles so plötzlich. Eben noch war alles ruhig und friedlich, und im nächsten Moment bricht die Hölle los. Ich habe übrigens vorgeschlagen, Rosheen anzurufen, aber Cynthia meinte, das wäre unnötig. Lassen wir Liam und Bridey in Frieden schlafen, sagte sie. Sie können nichts tun, was die Feuerwehr nicht schon getan hat. Warum sie unnötig aufregen?«

»Das merk ich mir für den Fall, dass Cynthia mal das Haus abbrennt«, sagte Siobhan trocken und sah auf die Uhr. Sie sollte gehen, aber die Neugier hielt sie fest. »Wann hat es angefangen?«

»Das weiß niemand«, antwortete Nora. »Sam und ich haben vor ungefähr anderthalb Stunden Rauch gerochen und sind gleich hergekommen, um nachzusehen, aber da standen die Flammen schon bis zu den unteren Fenstern.« Sie wies mit einer Armbewegung zum alten Pfarrhaus. »Wir haben Jeremy rausgeklopft, und er hat die Feuerwehr angerufen, aber das Feuer war schon lang vor ihrem Eintreffen außer Kontrolle.«

Siobhans Blick folgte Noras Geste. »Warum hat Jeremy nicht früher angerufen? Er muss doch den Rauch noch vor Ihnen wahrgenommen haben. Er wohnt schließlich genau gegenüber.« Ihr Blick schweifte weiter zum Haus der Bentleys, dem Rose Cottage, das hinter dem alten Pfarrhaus stand, gut hundert Meter vom Kilkenny Cottage entfernt.

Nora wirkte beunruhigt, als fände auch sie Jeremy Jardines Tatenlosigkeit verdächtig. »Er sagt, er habe nichts bemerkt. Er sei im Keller gewesen. Er war entsetzt, als er sah, was los ist.«

So ganz ernst nahm Siobhan diesen letzten Satz nicht. Jeremy Jardine war Weinimporteur und hatte vor einigen Jahren seine verwandtschaftlichen Beziehungen zur Familie Fanshaw spielen lassen, um der Kirche das alte Pfarrhaus abzukaufen, das weiträumige Keller besaß. Aber der schöne alte Backsteinbau blickte direkt auf das hässliche Anwesen der O'Riordans, und Jardine gehörte zu denen, die die irische Familie am wütendsten bekriegten. Niemand wusste, wieviel er für das Pfarrhaus bezahlt hatte, aber es wurde gemunkelt, er habe es für ein Fünftel seines Wertes bekommen. Zwar war damals von verschiedenen Seiten die Frage aufgeworfen worden, warum ein Pfarrhaus viktorianischen Stils mit großem Grundstück nicht auf dem offenen Markt angeboten worden war, aber wie meistens, wenn die Familie Fanshaw die Hand im Spiel hatte, waren klare Antworten ausgeblieben.

Schon vor den Morden war Siobhan über Jeremys ständige bissige Kritik an den O'Riordans so aufgebracht gewesen, dass sie ihn gefragt hatte, warum er denn das alte Pfarrhaus überhaupt gekauft habe, da ihm doch vorher klar gewesen sein müsse, was für ein Gegenüber ihn erwartete. »Sie können nicht behaupten, Sie hätten von Liams alten Autos nichts gewusst«, sagte sie zu ihm. »Nora Bentley hat mir erzählt, dass sie vor dem Kauf schon zwei Jahre lang bei Lavinia im Herrenhaus gewohnt haben.«

Er murmelte etwas Kryptisches von guten Kapitalanlagen, die »den Bach runter« gingen, wenn vorher Versprechungen gemacht würden, die dann nicht eingehalten wurden. Sie hatte daraus geschlossen, dass er der Kirche das Anwesen in der irrigen Annahme abgeluchst hatte, einer seiner Freunde im Gemeinderat könne die O'Riordans zwingen, ihr Grundstück zu säubern.

Ian hatte gelacht, als sie ihm von dem Gespräch

erzählt hatte. »Warum um Himmels willen bezahlt er die Aufräumarbeiten nicht einfach selbst? Liam wird nie im Leben auch nur einen Penny dafür rausrücken, die Schrottkisten abtransportieren zu lassen, aber er würde sich die Hände reiben, wenn ein anderer es täte.«

»Vielleicht kann er es sich nicht leisten. Nora sagt, dass die Fanshaws bei weitem nicht so wohlhabend sind, wie alle glauben, und mit Jeremys Geschäft ist es auch nicht weit her. Er gibt zwar immer mit seinen erstklassigen Weinen an, aber die Kiste, die er uns verkauft hat, war miserabel.«

»Es wäre bestimmt nicht teuer, schon gar nicht, wenn ein Schrotthändler die Sache übernehmen würde.«

Siobhan hatte ihm scherzhaft mit dem Finger gedroht. »Soll ich dir mal sagen, was dein Problem ist, mein Lieber? Du bist viel zu vernünftig, um in Sowerbridge zu leben. Außerdem ignorierst du die Tatsache, dass es hier ums Prinzip geht. Wenn Jeremy für die Säuberung bezahlte, hätten die O'Riordans gesiegt. Schlimmer noch, sie hätten auch insofern gesiegt, als ihr Haus ebenfalls im Wert steigen würde, sobald die Wracks verschwunden sind.«

Er schüttelte den Kopf. »Versprich du mir nur, dass du nicht Partei ergreifst, Shiv. Dir sind die O'Riordans doch nicht sympathischer als allen anderen, und kein Gesetz schreibt vor, dass die Iren zusammenhalten müssen. Das Leben ist zu kurz, um mit solchen lächerlichen Fehden vergeudet zu werden.«

»Ich verspreche es dir«, hatte sie gesagt und es war ihr ernst gewesen damit.

Aber das war vor dem Tag gewesen, an dem man Patrick der Morde angeklagt hatte...

Kaum jemand in Sowerbridge zweifelte daran, dass Patrick O'Riordan die alte Lavinia Fanshaw als leichte Beute betrachtet hatte. Im November vor zwei Jahren hatte er der verwirrten alten Frau einen Chippendale-Sessel im Wert von mindestens fünfhundert Pfund abgejagt, indem er behauptet hatte, eine europäische Richtlinie schriebe vor, alle Hecken müssten nach Standardmaß geschnitten werden. Er hatte ihre Lorbeerbüsche auf einen Meter hinuntergestutzt, dafür den antiken Sessel kassiert, und das Lorbeerlaub an einen Kumpel verhökert, der Weihnachtskränze daraus machte.

Und Gewissensbisse hatte er dabei überhaupt keine gehabt. »War halt ein Geschäft«, sagte er später im Pub und kippte grinsend sein Bier. »Und die Alte hat sich gefreut wie ein Schneekönig. Sie hat zu mir gesagt, sie hätte den Sessel immer schon gehasst.«

Er war ein kleiner, drahtiger Mann mit vollem dunklen Haar und durchdringenden blauen Augen, mit denen er seinen jeweiligen Geschäftspartner unverwandt zu fixieren pflegte – wie ein Kampfhund, der versucht, den Gegner einzuschüchtern.

»Auf jeden Fall hab ich dem ganzen Dorf einen Gefallen getan. Das Haus sieht doch tausend Mal besser aus, seit ich da vorn eine klare Linie reingebracht hab.«

Dass die meisten Leute ihm zustimmten, tat nichts zur Sache. Es war richtig, dass das Herrenhaus infolge von Lavinias Senilität und ungewöhnlicher Langlebigkeit zusehends verwahrloste, aber das gab niemandem das Recht, am wenigsten einem O'Riordan, die Situation auszunutzen. Der Bursche solle sich doch mal an der eigenen Nase zupfen, meinten die Leute erbost. Liams Schrottautos vor dem Kilkenny Cottage sähen viel schlimmer aus als Lavinias verwilderte Hecke. Man hegte sogar den Verdacht, dass die Pflegerin bei dem Schwindel mitgemacht hatte, denn es war bekannt, dass sie sich immer wieder über die Zustände in dem Haus aufregte, in dem sie arbeiten musste.

»Ich kann Mrs. Fanshaw nicht vierundzwanzig Stunden am Tag beaufsichtigen«, hatte Dorothy Jenkins mit Entschiedenheit gesagt, »und wenn sie hinter meinem Rücken Vereinbarungen trifft, kann ich nichts dagegen tun. Sie sollten sich an ihren Enkel wenden. Er hat die Pflegschaft für sie, aber der wird das Haus niemals vor ihrem Tod verkaufen.

Er ist viel zu geizig, um ein Pflegeheim für sie zu bezahlen. So wie es im Moment aussieht, kann sie noch ewig leben, und Pflegeheime sind weit teurer als ich. Er zahlt mir einen Hungerlohn mit der Begründung, ich hätte ja freie Kost und Logis. Dass die Heizung nicht geht und das Dach undicht ist und das ganze Haus die reinste Todesfalle ist, weil überall die Dielen durchgefault sind, das ist ihm egal. Er wartet nur darauf, dass die arme alte Frau stirbt, damit er das Grundstück an irgendeinen Bauträger verschachern und dann leben kann wie Gott in Frankreich.«

Montag, 8. März 1999

Die Menschenmenge schien von Minute zu Minute größer und lauter zu werden. Die meisten Gesichter waren Siobhan fremd. Offenbar hatte sich die Nachricht von dem Feuer schnell bis in die umliegenden Dörfer verbreitet. Sie konnte nicht verstehen, warum die Polizei sensationslüsterne Gaffer durchließ, bis sie einen Mann sagen hörte, dass er auf der Straße nach Southampton geparkt hatte und querfeldein gelaufen war, um die Absperrung der Polizei zu umgehen. Überall war großes Gestoße und Gedränge um die besten Plätze; ein Mann, der widerlich nach Alkohol roch, stieß Siobhan einfach aus dem Weg. Erbost rammte sie ihm einen spitzen Ellbogen in die Rippen, ehe sie Nora beim Arm nahm und zur Straße mitzog.

»Hier wird es gleich eine Prügelei geben«, sagte sie. »Diese Leute kommen offensichtlich direkt aus dem Pub.«

Sie schob sich durch eine Gruppe Menschen beim Malvern House und entdeckte vor sich Noras Mann, Dr. Sam Bentley, im Gespräch mit Peter und Cynthia Haversley. »Da ist Sam. Ich bringe Sie noch hin und dann geh ich nach Hause. Ich mache mir Sorgen um Rosheen und die Jungen.«

Sie nickte den Haversleys kurz zu, winkte Sam Bentley und wandte sich zum Gehen.

»Da kommen Sie nie durch«, sagte Cynthia in einem Ton, der keinen Widerspruch duldete und pflanzte sich, stocksteif in ihrem Korsett, zwischen Siobhan und der Straße auf. »Sie haben die ganze Kreuzung verbarrikadiert und lassen niemanden durch.«

Ihr Gesicht war hochrot von der Hitze, und Siobhan fragte sich, ob sie eine Ahnung hatte, wie unattraktiv sie aussah. Wie Kirschspeise mit einem Klecks Sahne, dachte sie angesichts des roten Kopfs und des blond gefärbten Haars darüber, und wünschte, sie hätte einen Fotoapparat zur Hand. Sie wusste, dass Cynthia Ende sechzig war – Nora hatte einmal eine entsprechende Bemerkung gemacht –, doch die hüllte ihr Alter gern in die Schleier des Geheimnisses. Und Recht hatte sie, das musste Siobhan, wenn auch unwillig, zugeben; dank ihrer Fülligkeit war ihre Haut relativ glatt und straff, so dass sie wesentlich jünger wirkte, als sie tatsächlich war. Sympathischer machte sie das jedoch nicht.

Siobhan hatte Ian einmal gefragt, ob er glaube, ihre Abneigung gegen Cynthia sei »ein irischer Komplex«. Der Gedanke hatte ihn belustigt. »Wieso denn das? Weil die ehrenwerte Mrs. Haversley für die Kolonialmacht steht?«

»So was in der Art, ja.«

»Sei nicht albern, Shiv. Sie ist ein versnobter Fettkloß mit einem Machtkomplex, der sich gern wichtig macht. Niemand mag sie. Ich jedenfalls ganz bestimmt nicht. Sie wäre wahrscheinlich gar nicht so übel, wenn ihr schlappschwänziger Ehemann ihr ab und zu mal Paroli geboten hätte, aber der arme Kerl lässt sich von ihr genauso einschüchtern wie alle anderen. Du solltest dir angewöhnen, sie einfach zu ignorieren. Im großen Zusammenhang der Dinge gesehen hat sie ungefähr die Bedeutung von Vogelkacke auf deiner Windschutzscheibe.«

»Ich hasse Vogelkacke auf meiner Windschutzscheibe.«

»Ich weiß«, sagte er mit einem Lächeln, »aber

du bildest dir nicht ein, die Tauben suchen sich dein Auto nur aus, weil du Irin bist, oder?«

Sie bemühte sich jetzt, Cynthia mit einem freundlichen Lächeln zu antworten. »Oh, bei mir machen sie sicher eine Ausnahme. Ian ist diese Woche in Italien, das heißt, dass Rosheen mit den Jungen allein ist. Ich denke, unter diesen Umständen wird man mich durchlassen.«

»Wenn nicht«, warf Sam Bentley ein, »helfen Peter und ich Ihnen über die Mauer, dann gehen Sie einfach durch den Garten von Malvern House.«

»Danke.« Sie sah ihn fragend an. »Weiß irgendjemand, wie das Feuer ausgebrochen ist, Sam?«

»Wir vermuten, dass Liam eine brennende Zigarette liegen gelassen hat.«

Siobhan schnitt ein ungläubiges Gesicht. »Die muss ja dann ewig vor sich hingebrannt haben. Liam und Bridey waren heute Morgen um neun weg.«

Er wirkte beunruhigt wie zuvor seine Frau. »Es war nur eine Vermutung.«

»Na hören Sie mal! Wenn es eine schwelende Zigarette gewesen wäre, hätte man spätestens mittags die Flammen an den Fenstern gesehen.« Sie wandte sich wieder Cynthia zu. »Es wundert mich, dass Sam und Nora den Rauch vor Ihnen gerochen haben«, sagte sie wie nebenbei. »Sie und Peter wohnen doch viel näher.«

»Ja, aber wir waren nicht zu Hause«, erklärte Cynthia. »Wir waren zum Abendessen bei Freunden in Salisbury. Als wir nach Hause kamen, hatte Jeremy schon die Feuerwehr angerufen.« Sie fixierte Siobhan, als wollte sie sie herausfordern, ihre Erklärung in Zweifel zu ziehen.

»Ja«, pflichtete Peter ihr bei, »wir sind mit knapper Not noch heimgekommen, bevor die Polizei mit den Barrikaden anrückte. Sonst hätten wir den Wagen an der Kirche stehen lassen müssen.«

Es hätte Siobhan interessiert, ob die Freunde die Haversleys eingeladen hatten, oder ob diese sich selbst eingeladen hatten. Sie tippte auf das Letztere. Niemand unter den Nachbarn der O'Riordans hätten ein Interesse daran gehabt, das Cottage zu retten, und im Gegensatz zu Jeremy, dachte Siobhan sarkastisch, hatten die Haversleys keinen Keller, in den sie sich hätten verkriechen können.

»Jetzt muss ich aber wirklich gehen«, sagte sie. »Die arme Rosheen wird schon ganz außer sich sein vor Sorge.« Aber wenn sie Teilnahme für die Nichte Liams und Brideys erwartet hatte, wurde sie enttäuscht.

»Ach was, wenn sie wirklich so besorgt wäre, dann wäre sie doch hier heruntergekommen«, versetzte Cynthia. »Mit oder ohne Kinder. Ich verstehe überhaupt nicht, was Sie an ihr finden. Sie ist so ziemlich die faulste und verschlagenste Person, die mir je untergekommen ist. Nicht um viel Geld nähme ich sie zu mir ins Haus.«

Siobhan lächelte dünn. Immer die alte Platte, dachte sie. Cynthia Haversley konnte keine Gelegenheit vorbeigehen lassen, ohne über die O'Riordans herzuziehen. »Ich denke, das beruht auf Gegenseitigkeit, Cynthia. Sie würde vielleicht unter Androhung des Todes bei Ihnen arbeiten, aber Geld würde sicher nicht reichen, ganz gleich, wie viel.«

Cynthias Entgegnung, sehr bissig ihrer verärgerten Miene nach zu urteilen, ging in donnerndem Getöse unter, als das Cottage, dessen vom Feuer geschwächte Balken das Dach nicht mehr tragen konnten, endlich einstürzte. Aus der Menge stieg ein Beifallsschrei in die Luft, und während aller Aufmerksamkeit vorübergehend abgelenkt war, beobachtete Siobhan, wie Peter Haversley seiner Frau verstohlen auf die Schulter klopfte.

4

Samstag, 30. Januar 1999

Siobhan hatte sich hartnäckig geweigert, Patrick zu verurteilen, wenn auch, wie sie Ian gegenüber ehrlicherweise zugab, vor allem Rosheen und Bridey zuliebe und nicht weil sie ernsthaft glaubte, es gäbe berechtigte Zweifel an seiner Schuld. Sie konnte die Angst nicht vergessen, die sie in Rosheens Blick gesehen hatte, als sie eines Tages früher als sonst heimgekommen war und Jeremy Jardine an der offenen Haustür angetroffen hatte.

»Was tun Sie denn hier?«, hatte sie, erschrocken über das kreidebleiche Gesicht Rosheens, zornig gefragt.

Nach einem Moment des Schweigens, der aufschlussreich genug war, hatte Rosheen stockend zu einer Erklärung angesetzt.

»Er sagt, dass wir den Mord an Mrs. Fanshaw gutheißen, indem wir uns auf Patricks Seite stellen«, berichtete Rosheen mit zitternder Stimme.

»Ich hab gesagt, dass es nicht in Ordnung ist, ihn zu verurteilen, bevor das Gericht entschieden hat – Sie haben doch selbst zu mir gesagt, dass Patrick als unschuldig gilt, bis der Prozess abgeschlossen ist –, aber Mr. Jardine beschimpft mich nur.«

Jeremy hatte gelacht. »Ich verteile meine neue Weinliste«, sagte er, mit dem Daumen auf seinen Wagen weisend. »Aber ich lass mir doch nicht von einer dahergelaufenen Irin, deren Vetter ein Mörder ist, die englischen Gesetze vorhalten.«

Siobhan hatte sich zusammengenommen, weil ihre beiden Söhne vom Küchenfenster aus die Szene beobachtet hatten. »Gehen Sie jetzt erst mal hinein«, hatte sie zu Rosheen gesagt. »Aber wenn Mr. Jardine noch einmal hier vorbeikommt, während Ian und ich außer Haus sind, rufen Sie sofort die Polizei an.« Sie hatte abgewartet, bis Rosheen sichtlich erleichtert im Haus verschwunden war. »Es ist mein Ernst, Jeremy«, hatte sie dann kalt gesagt. »Mag sein, dass das alles Sie sehr erregt, aber ich werde gegen Sie vorgehen, wenn Sie sich etwas Derartiges noch einmal erlauben. Rosheen weiß nichts, sie kann Patrick sowieso nicht helfen, Sie verschwenden also nur Ihre Zeit.«

Er zuckte die Achseln. »Sie verhalten sich ausgesprochen dumm, Siobhan. Patrick ist schuldig. Und Sie wissen es. Jeder weiß es. Jammern Sie mir bloß später nicht was vor, wenn die Geschworenen unser Urteil über Patrick bestätigen und Sie feststellen müssen, dass man Sie mit den O'Riordans in einen Topf wirft.«

»Das ist ohnehin schon geschehen«, sagte sie kurz. »Wenn es nach Ihnen und den Haversleys ginge, hätte man mich bereits gelyncht, aber weiß Gott, ich gäbe viel dafür, dass Patrick freigesprochen wird, und sei es nur aus dem einen Grund, damit ich Sie drei den Rest Ihres Lebens in Sack und Asche gehen sehen kann.«

Ian hatte sich ihren Bericht von dem Gespräch mit besorgtem Stirnrunzeln angehört. »Es wird Patrick überhaupt nicht helfen, wenn er freigesprochen wird«, hatte er gewarnt. »Keiner hier wird glauben, dass er es nicht getan hat. ›Berechtigte Zweifel‹ hört sich vor Gericht ganz gut an, aber in Sowerbridge interessiert das keinen Schwanz. Er wird niemals hierher zurückkommen können.«

»Ich weiß.«

»Dann halte dich ein bisschen zurück«, hatte er geraten. »Wir werden fürs Erste weiter hier leben, und ich möchte nicht, dass die Jungen in einer Umgebung aufwachsen, die voller Feindseligkeit ist. Natürlich sollst du Bridey und Rosheen unterstützen –« er hatte sie mit einem Lächeln liebevollen Spotts angesehen – »aber tu mir den Gefallen, Shiv, und zügle dein irisches Temperament. Ich bin nicht überzeugt, dass Patrick es wert ist, seinetwegen einen Krieg zu entfachen, schon gar nicht mit unseren engsten Nachbarn.«

Gute Ratschläge, aber schwer zu befolgen. Die allgemeine Voreingenommenheit gegen die Iren war so offenkundig, dass Siobhan es auf die Dauer nicht schaffte, den Mund zu halten. Und so brach schließlich doch der Krieg aus. Es geschah bei einem der langweiligen Abendessen der Haversleys im Malvern House, denen man sich nicht entziehen konnte, ohne dicke Lügen zu erfinden, sodass es einfacher war, in den sauren Apfel zu beißen und hinzugehen.

»Sie beobachtet von ihrem Fenster aus unsere Einfahrt«, erklärte Siobhan seufzend, als Ian fragte, warum sie nicht einfach unter dem Vorwand absagen könnten, dass sie für den Abend bereits etwas anderes vorhätten. »Sie kontrolliert uns ständig. Sie weiß, wann wir zu Hause sind und wann nicht. Man kommt sich vor wie im Gefängnis.«

»Ich verstehe nicht, warum sie uns immer wieder einlädt«, sagte er.

Siobhan fand seine Ahnungslosigkeit erheiternd. »Weil das ihr Lieblingszeitvertreib ist«, sagte sie sachlich. »Die Bärenhetze – mit mir als Bär.«

Ian seufzte. »Dann sagen wir ihr doch einfach die Wahrheit, dass wir lieber zu Hause bleiben und uns vor die Glotze setzen.«

»Prima Idee. Da steht das Telefon. Sag's ihr.«

Er lächelte unbehaglich. »Dann wird sie nur noch unmöglicher.«

»Genau.«

»Vielleicht sollten wir einfach die Zähne zusammenbeißen und hingehen.«

»Na also. Wie immer.«

Es wurde ein besonders grässlicher Abend. Cynthia und Jeremy führten wie gewöhnlich das große Wort, Peter betrank sich langsam aber sicher, und die Bentleys warfen nur hin und wieder einmal eine Bemerkung ein. Irgendwann breitete sich rund um den Tisch Schweigen aus, und Siobhan, die den ganzen Abend heldenhaft den Mund gehalten hatte, sah verstohlen auf ihre Uhr und überlegte, ob sie um Viertel vor zehn mit Anstand gehen könnten.

»Wisst ihr, was mir am meisten zu schaffen macht?«, sagte Jeremy plötzlich. »Der Gedanke, dass die arme alte Lavinia noch am Leben wäre, wenn ich vor Jahren mit allem Nachdruck die Räumungsklage gegen die O'Riordans betrieben hätte.«

Er war ungefähr im gleichen Alter wie die Lavenhams, ein gut aussehender Mann, eine Spur schwammig vielleicht – zu viele Weinproben, dachte Siobhan jedes Mal, wenn sie ihn sah –, der sich gern als der begehrenswerteste Junggeselle in ganz Hampshire betrachtete. Siobhan war schon oft in

Versuchung gewesen, ihn zu fragen, warum er immer noch ungebunden war, wenn er so ungeheuer begehrenswert war, aber sie ließ es bleiben, weil sie die Antwort ohnehin zu wissen glaubte. Es gab keine Frau, die dumm genug war, sich von seiner Selbsteinschätzung blenden zu lassen.

»Man kann die Leute nicht einfach aus ihren eigenen Häusern vertreiben«, bemerkte Sam Bentley milde. »Wenn das möglich wäre, müsste jeder von uns damit rechnen rauszufliegen, sobald seinem Nachbarn seine Nase nicht mehr gefällt.«

»Ach, Sie wissen schon, was ich meine«, entgegnete Jeremy mit einem ostentativen Blick zu Siobhan, der wohl sagen sollte, sie sei nicht besser als die O'Riordans. »Irgendetwas hätte ich sicher unternehmen können – zum Beispiel eine Anzeige wegen Umweltverschmutzung.«

»Wir hätten gar nicht erst dulden sollen, dass sie sich hier niederlassen«, erklärte Cynthia. »Es ist eine Schande, dass wir überhaupt nicht gefragt werden, wenn hier jemand neu zuziehen will. Schließlich müssen wir mit den Leuten leben. Wenn der Gemeinderat die jeweiligen Interessenten genau unter die Lupe nehmen dürfte, wäre es zu diesem Problem nie gekommen.«

Siobhan hob den Kopf und lächelte halb ungläubig, halb erheitert über diese arrogante Person, die sich einbildete, den Gemeinderat in der Tasche zu haben. »Das ist wirklich eine glänzende Idee«, sagte sie strahlend, ohne Ians warnenden Blick zu beachten. »Dann hätten auch die Interessenten die Möglichkeit, die Leute genau unter die Lupe zu nehmen, die bereits hier ansässig sind. Das heißt natürlich, dass die Preise in den Keller fallen würden, aber wenigstens könnte hinterher keiner sagen, er wäre blind hineingetappt.«

Das Bedauerliche war, dass Ironie bei Cynthia nicht ankam. »Sie täuschen sich, mein Kind«, versetzte sie mit einem herablassenden Lächeln. »Die Preise würden *steigen.* Das ist immer so, wenn eine Gegend die Exklusivität pflegt.«

»Nur wenn genug Käufer da sind, denen die Art von Exklusivität, die Sie zu bieten haben, gefällt, Cynthia.« Siobhan stützte die Ellbogen auf den Tisch und beugte sich vor, nur den einen Gedanken im Kopf, dieser dicken Madam endlich einmal ihre Selbstgerechtigkeit um die Ohren zu schlagen, auch wenn ihr klar war, dass ihr wahrer Zorn Jeremy Jardine galt. »Und die Leute werden sich bestimmt nicht darum reißen, in Sowerbridge zu wohnen, wenn sich herumspricht, dass eine Bewerbung auch bei noch so viel Geld völlig sinnlos ist, wenn man nicht wie die Fanshaw-Mafia überzeugt ist, dass Hitler Recht hatte.«

Nora Bentley schnappte erschrocken nach Luft und schwenkte beschwichtigend die Hände.

Jeremy war weniger zurückhaltend. »Also, das ist ja wirklich die Höhe!«, rief er empört. »Sich so etwas von einer Irin sagen lassen zu müssen. Wo war denn Irland während des Krieges? Sie alle haben doch sicher und wohlbehalten auf der Tribüne gehockt und Deutschland die Daumen gedrückt. Und ausgerechnet Sie haben die Frechheit, hier über uns zu richten! Ihr Iren seid ein erbärmliches Volk. Ihr fallt hier ein wie die Ratten und wollt alles umsonst haben, und wenn wir so frei sind zu sagen, dass ihr die Mühe nicht wert seid, die ihr uns macht, beschimpft ihr uns.«

Da war etwas übergekocht, was schon lange gebrodelt hatte. Zurückhaltung hatte letztlich nur bewirkt, dass der Groll sich aufgestaut hatte. Auf beiden Seiten.

»Ich würde Ihnen raten, diese Bemerkungen zurückzunehmen, Jeremy«, sagte Ian kalt. »Nicht einmal wenn Sie ebenso viel Steuern bezahlen würden und so vielen Menschen Arbeit gäben wie Siobhan, hätten Sie das Recht, sie derart zu beleidigen. Ich schlage vor, Sie entschuldigen sich.«

»Nie im Leben. Da muss sie sich erst bei Cynthia entschuldigen.«

Einmal gereizt, war Ians Zorn noch leichter entflammbar als der seiner Frau. »Es gibt keinen Grund für sie, sich zu entschuldigen«, erklärte er scharf. »Alles, was sie gesagt hat, entspricht der

Wahrheit. Weder Sie noch Cynthia besitzen irgendein Recht, sich in diesem Dorf wie Diktatoren aufzuführen, aber Sie tun es trotzdem. Wir anderen haben unsere Häuser wenigstens offen und ehrlich auf dem freien Markt erworben, was man von Ihnen und Peter nicht behaupten kann. Er hat das seine geerbt, und Sie haben Ihres über Beziehungen ergattert. Ich hoffe nur, Sie sind auf die Konsequenzen gefasst, falls etwas schief gehen sollte. Man kann nicht allgemeinen Hass schüren und sich dann die Hände in Unschuld waschen.«

»Moment, Moment!«, warf Sam betulich ein. »Solche Reden sollte man nicht führen.«

»Sam hat Recht«, stimmte Nora ihrem Mann zu. »Was einmal gesagt ist, kann nie ungesagt gemacht werden.«

Ian zuckte die Achseln. »Dann sagen Sie doch mal den Leuten hier, sie sollen endlich aufhören, sich über die Iren im Allgemeinen und die O'Riordans im Besonderen die Mäuler zu zerreißen. Oder ist diese Regel auf Iren nicht anwendbar? Darf man nur gut betuchte Engländer wie die Haversleys und Jeremy nicht kritisieren?«

Peter Haversley begann unerwartet zu kichern. »Gut betucht?«, lallte er. »Wer ist hier gut betucht? Wir sind doch alle bis über beide Ohren verschuldet und warten nur darauf, dass das Herrenhaus endlich verhökert werden kann.«

»Sei still, Peter«, herrschte seine Frau ihn an.

Aber er ließ sich den Mund nicht verbieten. »Das ist das Lästige bei Mord. Alles wird so verdammt vertrackt. Man kann nicht mal verkaufen, was einem von Rechts wegen gehört, weil die ganze Nachlassabwicklung total in der Luft hängt.« Mit glasigen Augen starrte er Jeremy über den Tisch hinweg an. »Und das ist nur deine Schuld, du scheinheiliger Schlauberger.

Generalvollmacht, dass ich nicht lache! Deine Habgier wird dir noch mal das Genick brechen. Ich hab dir immer wieder gesagt, du sollst die Alte in ein Heim stecken, aber du wolltest ja nicht hören. Ich hör noch deine Worte, keine Sorge, sie ist sowieso bald tot...«

Dienstag, 9. März 1999 – 0 Uhr 23

Im Haus brannte Licht, als Siobhan endlich ankam, aber von Rosheen war nichts zu sehen. Das wunderte sie, bis sie auf die Uhr sah und feststellte, dass es nach Mitternacht war. Sie ging in die Küche und hockte sich nieder, um Patch zu kraulen, den gutmütigen Mischlingshund der O'Riordans. Er hob den Kopf von seinem Platz vor dem Herd und wedelte ein paar Mal mit seinem Stummelschwanz, ehe er einmal abgrundtief gähnte und sich wieder zusammenrollte. Siobhan hatte sich erboten, ihn zu hüten, so lange die O'Riordans weg waren, und er schien sich in der neuen Umgebung ganz zu Hause zu fühlen. Sie schaute zum Küchenfenster hinaus nach dem Feuer, konnte aber nichts sehen außer der dunklen Baumreihe, die das Grundstück begrenzte, und ihr schoss der Gedanke durch den Kopf, dass Rosheen wahrscheinlich keine Ahnung davon hatte, dass das Haus ihrer Verwandten in Flammen aufgegangen war.

Auf Zehenspitzen ging sie nach oben, um nach ihren beiden Söhnen zu sehen, die, wie Patch, kurz erwachten und sie umarmten, ehe sie die Augen wieder schlossen. Vor Rosheens Zimmer blieb sie einen Moment stehen und horchte, ob Rosheen vielleicht noch wach sei, aber es war alles still. Erleichtert, heute Abend nichts mehr erklären und niemanden trösten zu müssen, ging sie wieder nach unten. Rosheen hatten die anti-irischen Schmierereien am Kilkenny Cottage schon Angst genug gemacht; weiß der Himmel, wie sie reagieren würde, wenn sie hörte, dass das Haus niedergebrannt war.

Rosheen war mehr durch Zufall als durch gezielte Suche zu ihnen gekommen, nachdem ihr vorheriges Kindermädchen – eine junge Frau mit einem Hang zum Dramatischen – nach zwei Wochen auf dem Land verkündet hatte, sie würde »lieber sterben«, als auch nur noch eine Nacht die

Lichter Londons zu entbehren. In ihrer Verzweiflung hatte Siobhan Brideys schüchternen Vorschlag angenommen, Rosheen auf einen Probemonat aus Irland kommen zu lassen – »Sie ist die Tochter von Liams Bruder und kann wunderbar mit Kindern umgehen. Sie hat von klein auf für ihre Geschwister und ihre Vettern und Cousinen gesorgt, und die lieben sie alle abgöttisch.« Siobhan war überrascht gewesen, wie schnell und selbstverständlich das Mädchen sich in die Familie eingefügt hatte.

Ian hatte Vorbehalte – »Sie ist zu jung... sie ist mit ihren Gedanken dauernd woanders... mir passt diese enge Verbindung zu den O'Riordans nicht.« Aber er war doch beeindruckt gewesen, als sie nach Patricks Verhaftung trotz der Feindseligkeit im Dorf nicht einmal auf den Gedanken gekommen war, Siobhan oder Bridey im Stich zu lassen. »Ich würde allerdings nicht darauf schwören, dass es Familienloyalität ist, die sie hier hält.«

»Was denn sonst?«

»Kevin Wyllie. Sie bekommt ja schon weiche Knie, wenn sie ihn nur sieht. Dass er wahrscheinlich bestens befreundet ist mit dem Gesindel, das Liam und Bridey terrorisiert, scheint überhaupt keine Rolle zu spielen.«

»Das kann man ihm doch nicht zum Vorwurf machen. Er hat sein Leben lang hier gelebt. Ich bin sicher, die meisten Leute in Sowerbridge könnten Namen nennen, wenn sie wollten. Er hat wenigstens den Schneid, zu Rosheen zu halten.«

»Er ist ein Analphabet mit einem Intelligenzquotienten von unter Null«, entgegnete Ian. »Rosheen ist nicht dumm, was zum Teufel redet die mit dem Kerl?«

Siobhan lachte. »Ich glaube nicht, dass sie auf *Gespräche* scharf ist.«

Sie spürte, dass sie viel zu aufgedreht war, um jetzt schlafen zu können, und goss sich ein Glas Wein ein, das sie langsam trank, während sie den Anrufbeantworter abhörte. Nach einigen geschäftlichen Anrufen folgte eine Nachricht von Ian. »Hallo, ich bin's. An der Ravenelli-Front läuft's gut. Wenn alles glatt geht, wird die Firma Lavenham – Innenausstattungen spätestens im August handgedruckte italienische Seidenstoffe anbieten können. Gut, was? Ich weiß mindestens zwei Projekte, bei denen die Muster, die sie mir hier gezeigt haben, glänzend ankommen werden. Du wirst hingerissen sein, Shiv. Aquamarinblau mit allen Nuancen von Terrakotta, die du dir vorstellen kannst.« Pause für ein Gähnen. »Ihr fehlt mir ganz fürchterlich, ruf mich an, wenn du vor elf zurück bist, sonst melde ich mich morgen. Ich müsste Freitag wieder zu Hause sein.« Er schloss mit einem schmatzenden Kuss, über den sie lachen musste.

Die letzte Nachricht war von Liam O'Riordan und war offenbar von Rosheen abgefangen worden. »Hallo? Rosheen, bist du da? Ich –« sagte Liams Stimme, bevor sie vom Abheben des Hörers unterbrochen wurde. Aus Neugier drückte Siobhan den Zeitabfrageknopf, um zu hören, wann Liam angerufen hatte, und lauschte verblüfft der Computerstimme, die ihr mitteilte, dass der letzte Anruf um »zwanzig Uhr sechsunddreißig« eingegangen und von Anschluss Nummer »acht-zwei-sieben-fünf-drei-acht« aus getätigt worden war. Sie kannte die Zahlenfolge auswendig, blätterte aber trotzdem im Telefonbuch, um ganz sicher zu sein. ›Liam & Bridey O'Riordan, Kilkenny Cottage, Sowerbridge, Tel.: 827538‹.

Zum zweiten Mal an diesem Abend wollte sie sich instinktiv in Verleugnung flüchten. Da muss ein Fehler vorliegen, sagte sie sich ... Liam kann unmöglich um halb neun vom Kilkenny Cottage aus angerufen haben ... Die O'Riordans waren in Winchester und standen für die Dauer von Patricks Prozess unter Polizeischutz ... Das Haus war leer gewesen, als das Feuer ausgebrochen war ...

Aber, o Gott! Wenn es gar nicht leer gewesen war?

»Rosheen!« rief sie laut. Sie rannte die Treppe hinauf und hämmerte an die Tür des Mädchens. »Rosheen! Ich bin's, Siobhan. Wachen Sie auf! War

Liam im Haus?« Sie stieß die Tür auf und knipste das Licht an. Das Zimmer war leer.

Mittwoch, 10. Februar 1999

Siobhan hatte den Inspector bei ihrem Gespräch mit ihm auf die Erben Lavinia Fanshaws angesprochen. »Sie können nicht einfach darüber hinwegsehen, dass sowohl Peter Haversley als auch Jeremy Jardine ein weit stärkeres Motiv hatten als Patrick O'Riordan«, sagte sie. »Sie wussten beide, dass sie von ihr erben würden, und sie machten beide kein Hehl daraus, dass sie nur auf ihren Tod warteten. Lavinias Mann hatte eine Schwester, die inzwischen verstorben ist und nur ein Kind hatte, Peter, der selbst kinderlos ist. Und Lavinias einziges Kind, eine Tochter, ist ebenfalls tot. Ihr Sohn ist Jeremy, der nie geheiratet hat.«

Er war erheitert über ihre gründlichen Recherchen. »Wir haben das nicht übersehen, Mrs. Lavenham. Es war sogar das Erste, was wir uns angesehen haben. Aber gerade Sie wissen doch besser als jeder andere, dass sie es nicht getan haben können. Sie und Ihr Mann haben ihnen ja die Alibis geliefert.«

»Aber nur von Samstag acht Uhr abends bis Sonntag zwei Uhr morgens«, versetzte Siobhan.

»Und mit Widerwillen. Haben Sie eine Ahnung, was für ein Leben das in so einem Dorf wie Sowerbridge ist, Inspector? Da darf man am Freitag- oder Samstagabend nicht einfach zu Hause bleiben und vor der Glotze sitzen; Gott bewahre, man wird feierlich zum Abendessen eingeladen, und wehe, man geht nicht hin, weil man keine Lust hat, jedes Mal dieselben Leute und dieselben langweiligen Gespräche über sich ergehen zu lassen. Da ist das Ansehen futsch!« Sie zuckte sarkastisch die Achseln. »Ich persönlich würde mir lieber einen guten Krimi anschauen, als mir irgendjemands Urlaubserlebnisse oder Ansichten über Altersvorsorge anzuhören, aber ich bin eben Irin, und jeder weiß ja, dass die Iren nichts als kleine Leute sind.«

»Aber Sie werden ganz groß rauskommen, wenn Patrick der Prozess gemacht wird«, sagte der Inspector belustigt. »Sie werden diejenige sein, die die Alibis bestätigt.«

»Das kann ich auch nur, weil wir es nicht geschafft haben, Jeremy und die Haversleys früher loszuwerden. Glauben Sie mir, Ian und ich haben sie nicht aufgehalten – wir haben mit allen Mitteln versucht, sie zum Gehen zu bewegen, aber sie haben auf unsere Winke überhaupt nicht reagiert. Sam und Nora Bentley sind zu einer vernünftigen Zeit gegangen, aber die anderen haben sich nicht von der Stelle gerührt. Sind Sie ganz sicher, dass

Lavinia zwischen elf und Mitternacht getötet wurde? Finden Sie es nicht verdächtig, dass ausgerechnet meine Aussage Peter und Jeremy freispricht? Jeder weiß, dass ich der einzige Mensch in Sowerbridge bin, der weit lieber Patrick O'Riordan ein Alibi geben würde.«

»Was spielt das denn für eine Rolle?«

»Das bedeutet, dass ich eine Zeugin wider Willen bin, und das verleiht meiner Aussage zu Gunsten von Peter und Jeremy umso mehr Gewicht.«

Der Inspector schüttelte den Kopf. »Ich glaube, Sie nehmen Ihre Rolle in dieser Angelegenheit etwas zu wichtig, Mrs. Lavenham. Wenn wirklich Mrs. Haversley und Mr. Jardine sich verabredet hätten, Mrs. Fanshaw zu ermorden, wären sie dann nicht übers Wochenende verreist – nach Irland zum Beispiel? So eine Reise wäre doch als Alibi weit überzeugender gewesen als ein Abendessen bei einer feindseligen Zeugin. Im Übrigen«, fuhr er beinahe entschuldigend fort, »sind wir hinsichtlich der Todeszeit absolut sicher. Die Pathologen können heutzutage sehr genaue Berechnungen anstellen, besonders wenn die Leichen so bald gefunden werden wie in diesem Fall.«

Siobhan war nicht bereit, so leicht aufzugeben. »Aber Sie müssen doch sehen, wie merkwürdig es ist, dass es ausgerechnet an dem Abend passierte, als Ian und ich diese Einladung gaben. Wir hassen solche förmlichen Geschichten. Wir laden unsere Freunde lieber mal im Sommer zum Grillen ein. Meistens ganz kurzfristig und zwanglos. Ich glaube einfach nicht daran, dass es Zufall war, dass Lavinia genau an dem einen Abend im ganzen Jahr ermordet wurde, zu dem wir ausnahmsweise mal in aller Form schon *sechs Wochen vorher* eingeladen hatten.«

Er betrachtete sie nachdenklich. »Wenn Sie mir sagen können, wie sie es angestellt haben, könnte ich Ihnen vielleicht zustimmen.«

»Entweder bevor sie zu uns kamen oder nachdem sie gegangen waren«, meinte sie. »Die Berechnungen des Pathologen sind falsch.«

Er zog ein Blatt Papier von einem Stapel auf seinem Schreibtisch und legte es ihr hin. »Das ist eine Liste der Britischen Telecom über alle Anrufe, die in der Woche vor dem Mord vom Herrenhaus aus gemacht wurden.« Er tippte auf die letzte Nummer. »Dieser Anruf wurde am Abend der Morde von Dorothy Jenkins getätigt. Sie hat um zweiundzwanzig Uhr dreißig eine Freundin in London angerufen. Das Gespräch dauerte etwas mehr als drei Minuten. Wir haben mit der Freundin gesprochen, und sie sagte, Miss Jenkins sei ›fertig mit den Nerven‹ gewesen. Mrs. Fanshaw war offenbar eine sehr schwierige Patientin – das sind Leute, die die alzheimersche Krankheit haben, häufig –, und

Miss Jenkins hatte diese Frau angerufen – ebenfalls eine Krankenschwester übrigens –, um ihrem Herzen Luft zu machen. Sie sagte, sie würde ›der alten Schachtel am liebsten auf der Stelle den Kragen umdrehen‹. Sie hatte ihrer Freundin schon früher mehrmals ihr Leid geklagt, aber diesmal war sie ›in Tränen aufgelöst‹ und hat wütend aufgelegt, als die Freundin sagte, sie habe Besuch und könne jetzt nicht lange sprechen.«

Er schwieg einen Moment.

»Die Freundin war ziemlich beunruhigt und hat versucht, Miss Jenkins zurückzurufen, nachdem ihr Besuch gegangen war«, fuhr er fort. »Ihrer Schätzung nach war das etwa um Viertel nach zwölf. Der Anschluss war besetzt, und sie gab zu, sie sei erleichtert gewesen, weil sie glaubte, Miss Jenkins hätte jemand anderen gefunden, dem sie ihr Herz ausschütten konnte.«

Siobhan runzelte die Stirn. »Aber das beweist doch wenigstens, dass sie nach Mitternacht noch am Leben war.«

Der Inspector schüttelte den Kopf. »Leider nicht. Das Telefon in der Küche war umgestürzt und der Hörer lag nicht auf. Wir vermuten, Miss Jenkins versuchte, die Notrufzentrale anzurufen, als sie überfallen wurde, und das heißt –« er tippte mit einem Finger auf das Blatt Papier – »dass sie, ganz abgesehen von den Berechnungen des Pathologen, in der Zeit zwischen diesem letzten Anruf um halb elf und dem Rückruf ihrer Freundin um Viertel nach zwölf, als der Hörer bereits nicht mehr auflag, getötet wurde.«

5

Dienstag, 9. März 1999 – 0 Uhr 32

Siobhan griff zum Hörer, um die Polizei anzurufen und Rosheens Verschwinden zu melden, und zögerte. Die haben bisher nie einen Finger gerührt, dachte sie erbittert, warum sollte es diesmal anders sein? Sie wusste jetzt schon, wie das Gespräch verlaufen würde, sie hatte es oft genug erlebt.

»Beruhigen Sie sich, Mrs. Lavenham … Das ist ganz sicher nur ein übler Scherz … Moment mal … Hat nicht erst vor kurzem eine Frau bei Ihnen angerufen, die sich als Bridey O'Riordan ausgab und so tat, als hätte sie einen schweren Herzanfall? … Wir haben damals sofort einen Rettungswagen hingeschickt, und als der ankam, saß Bridey gesund und munter vor dem Fernsehapparat … Sie und Ihr Kindermädchen sind Irinnen … Irgendjemand fand es anscheinend witzig, sich in das Cottage zu schleichen und von dort aus bei Ihnen anzurufen, um Sie zu ärgern … Die O'Riordans sind ja dafür bekannt, dass sie nie ihre Hintertür absperren ... Leider können wir bei solchen Streichen gar nichts tun ... Ihr Kindermädchen? – Ach, die schaut sich wahrscheinlich genau wie alle anderen das Feuer an ...«

Mit einem gereizten Seufzer legte sie den Hörer wieder auf und hörte noch einmal die Nachricht ab. »Hallo? Bist du da, Rosheen? Ich ...«

Beim ersten Mal war sie ganz sicher gewesen, dass das Liams Stimme war, aber jetzt war sie nicht mehr so überzeugt. Der irische Akzent war leicht nachzuahmen, und Liams war so breit, dass bestimmt jeder Idiot ihn nachmachen konnte. Weil sie nicht wusste, mit wem sonst sie hätte reden können, rief sie Ian in seinem Hotel in Rom an.

»Ich bin's«, sagte sie. »Ich bin gerade erst heimgekommen. Entschuldige, dass ich dich geweckt habe, aber sie haben das Kilkenny Cottage niedergebrannt, und Rosheen ist verschwunden. Meinst du, ich soll die Polizei anrufen?«

»Moment mal«, sagte er verschlafen. »Erzähl das noch mal. Wer sind ›sie‹?«

»Keine Ahnung«, antwortete sie frustriert. »Irgendjemand – jeder kann es gewesen sein. Peter Haversley hat Cynthia auf den Rücken geklopft, als das Dach einstürzte. Wenn ich wüsste, wo die O'Riordans sind, würde ich sie anrufen, aber Rosheen ist die Einzige, die die Nummer hat – und sie ist nicht hier. Ich würde ins Dorf fahren, wenn ich einen Wagen hätte – es wimmelt ja nur so von Polizisten –, aber ich musste meinen an der Kirche stehen lassen, und deiner ist in Heathrow – und die Kinder schaffen den Weg da runter nicht, schon gar nicht mitten in der Nacht.«

Er gähnte lange und herzhaft. »Das geht mir alles viel zu schnell. Ich bin eben erst wach geworden. Du sagst, das Cottage ist abgebrannt?«

Sie erklärte.

»Und Rosheen ist nicht da?« Er schien jetzt wacher zu sein. »Was zum Teufel fällt ihr ein, die Kinder allein zu lassen?«

»Ich weiß es nicht.« Sie berichtete ihm von dem Anruf aus dem Kilkenny Cottage. »Wenn es wirklich Liam war, ist Rosheen vielleicht runtergelaufen, und jetzt habe ich Angst, sie waren im Haus, als das Feuer ausbrach. Wir dachten alle, es wäre leer, weil wir heute Morgen gesehen haben, wie sie weggefahren sind.«

Sie beschrieb ihm die Szene: Liam hatte seiner Frau in den alten Kombi geholfen und war dann starr geradeaus blickend an den Nachbarn vorübergefahren, die sich zu ihrer Verabschiedung an der Straßenkreuzung versammelt hatten. »Es war furchtbar«, sagte sie. »Ich bin runtergegangen, um Patch zu holen. Cynthia, dieses gemeine Weib, hat angefangen, sie auszuzischen, und alle anderen haben natürlich sofort mitgemacht. Ich hasse diese Leute, Ian, wirklich.«

Er antwortete nicht gleich. »Schau mal«, sagte er dann, »die Feuerwehr glaubt nicht unbesehen, was ihr die Leute erzählen. Sie haben bestimmt gleich bei ihrem Eintreffen alles überprüft, um sicher zu sein, dass niemand mehr im Haus war. Und wenn Liam und Bridey wirklich zurückgekommen wären, dann hätte ihr Wagen vor dem Haus gestanden, und irgendjemandem wäre das sicher aufgefallen. Ich geb dir ja Recht, diese Leute im Dorf sind ein Haufen intoleranter Spießer, aber Mörder sind sie nicht, Shiv, und sie wären sicher nicht untätig geblieben, wenn sie den Verdacht gehabt hätten, dass die O'Riordans noch im Haus sind. Komm, überleg mal. Du weißt, dass ich Recht habe.«

»Und was ist mit Rosheen?«

»Tja«, meinte er trocken, »wäre ja nicht das erste Mal, nicht? Hast du in der Scheune nachgesehen? Ich tippe mal, sie ist da draußen und bumst mit Kevin Wyllie.«

»Das hat sie nur ein einziges Mal getan.«

»Sie hat's ein einziges Mal in der Scheune getan«, korrigierte er sie, »aber wie oft sie mit Kevin gebumst hat, weiß keiner. Wetten, die haben irgendwo ihren Spaß, und sie spaziert quietschvergnügt zur Tür herein, wenn du es am wenigsten erwartest. Ich hoffe nur, du sagst ihr dann gründlich die Meinung. Sie kann doch nicht einfach die Kinder allein lassen.«

Sie sagte nichts, sie hatte keine Lust auf einen weiteren Disput über Rosheens Moral. Ian ging nach dem Prinzip, was ich nicht weiß, macht mich nicht heiß, und weigerte sich, die Scheinheiligkeit dieser Haltung anzuerkennen. Siobhan dagegen war der Meinung, dass Kevin für Rosheen nur ein lockerer Zeitvertreib war, den sie mitnahm, während sie nach etwas Besserem Ausschau hielt. Das machte doch jede Frau so … der Weg zur Ehrbarkeit verlief nur selten schnurgerade … Aber mit Ians letzter Bemerkung stimmte sie natürlich überein. Selbst wenn tatsächlich Liam vom Cottage aus angerufen hatte, wäre es Rosheens Pflicht gewesen, sich um James und Oliver zu kümmern.

»Und was soll ich jetzt tun? Die Hände in den Schoß legen und warten, dass sie irgendwann wieder auftaucht?«

»Was anderes wird dir wohl nicht übrig bleiben. Sie ist über einundzwanzig, da wird die Polizei heute Nacht sicher nichts mehr unternehmen.«

»Okay.«

Er kannte sie zu gut. »Du scheinst nicht überzeugt zu sein.«

Das war sie auch nicht, aber sie sah Rosheens Verhalten eben nicht durch seine Brille. Als sie eines Tages vorzeitig nach Hause gekommen waren und das Mädchen in eindeutiger Situation in der Scheune ertappt hatten, war er hell empört gewesen, obwohl Rosheen die Jungen die ganze Zeit über ein Gegensprechgerät beaufsichtigt hatte, das sie bei sich gehabt hatte. Ian hatte sie auf der Stelle an die Luft setzen wollen, aber Siobhan hatte ihm das ausgeredet, nachdem sie Rosheen das Versprechen abgenommen hatte, dass diese in Zukunft ihrem Privatvergnügen nur in ihrer Freizeit nachgehen würde. Aus Rücksicht auf ihren puritanischen Ehemann hatte sie ihr Gelächter danach im Kopfkissen erstickt. Sie war der Ansicht, Rosheen habe typisch irischen Takt bewiesen, indem sie sich draußen in der Scheune mit Kevin Wyllie vergnügt hatte und nicht unter dem Dach der Familie Lavenham. Wie sie zu Ian sagte: »Wir hätten nie gemerkt, dass Kevin hier war, wenn sie ihn in ihr Zimmer geschmuggelt und ihn ermahnt hätte, seine Leidenschaft zu dämpfen.«

»Ach, ich bin einfach müde«, log sie jetzt, da sie wusste, dass es ihr nicht gelingen würde, ihm über das Telefon das Gefühl düsterer Vorahnung nahe zu bringen, das sie bedrückte. Leere Häuser hatten für sie immer etwas Gruseliges – das war ihr aus ihrer Kindheit in dem riesigen Gutshaus mit seinen dumpf hallenden Räumen geblieben, die ihre lebhafte Fantasie mit Riesen und Gespenstern bevölkert hatte… »Leg dich wieder schlafen. Ich ruf dich morgen noch mal an. Bis dahin wird sich wahrscheinlich alles geklärt haben. Aber komm auf jeden Fall am Freitag nach Hause«, schloss sie in strengem Ton, »sonst reiche ich sofort die Scheidung ein. Ich hab dich nicht geheiratet, damit du mich wegen der Ravenelli-Brüder im Stich lässt.«

»Ich komme, du kannst dich drauf verlassen«, versprach er.

Siobhan hörte das Knacken in der Leitung, als die Verbindung unterbrochen wurde, und legte auf. Sie öffnete die Haustür und sah zur dunklen Scheune hinüber, suchte nach einem Lichtschimmer in den Ritzen des zweiflügeligen Tors und wusste doch, dass es reine Zeitverschwendung war. Ian hatte Rosheen mit seiner Drohung, ihre Eltern in Irland von ihrem Treiben in Kenntnis zu setzen, einen solchen Schrecken eingejagt, dass sie ihre Zusammenkünfte mit Kevin zweifellos an einen Ort verlegt hatte, wo weit weniger Gefahr der Entdeckung bestand als in der Scheune der Fording Farm.

Mit einem Seufzer ging sie in die Küche zurück und hockte sich auf ein Sitzkissen vor dem Herd, zog Patchs Kopf auf ihren Schoß und die Weinflasche an ihre Seite. Erst zehn Minuten später bemerkte sie, dass der Schlüssel zum Kilkenny Cottage, der am Haken am Geschirrschrank hätte hängen müssen, nicht da war.

Mittwoch, 10. Februar 1999

»Aber wieso sind Sie so sicher, dass Patrick der Täter ist?«, hatte Siobhan den Inspector gefragt. »Warum kann es nicht ein Fremder gewesen sein? Ich meine, jeder hätte doch den Hammer aus seinem Werkzeugkasten nehmen können, wenn er ihn, wie er sagte, in der Küche stehen gelassen hatte.«

»Weil es keinerlei Anzeichen für ein gewaltsames Eindringen gab. Der Täter hatte entweder einen Schlüssel zur Haustür oder er wurde von Dorothy Jenkins eingelassen. Und das heißt, es muss jemand gewesen sein, den sie kannte.«

»Vielleicht hatte sie nicht abgeschlossen«, entgegnete Siobhan, nach Strohhalmen greifend. »Vielleicht ist der Täter durch die Hintertür hereingekommen.«

»Haben Sie einmal versucht, die Hintertür zum Herrenhaus zu öffnen, Mrs. Lavenham?«

»Nein.«

»Abgesehen davon, dass die Riegel völlig eingerostet sind, ist die Tür von Feuchtigkeit so aufgequollen und verzogen, dass man sich dagegenwerfen muss, um sie aufzubekommen, und das macht einen Höllenlärm, glauben Sie mir. Wenn um elf Uhr abends ein Fremder durch die Hintertür ins Haus gekommen wäre, hätte er Miss Jenkins nicht ahnungslos in der Küche erwischt. Sie wäre davongelaufen, sobald sie den Krach hörte, und hätte von einem der Telefone oben die Polizei angerufen.«

»Woher wollen Sie das so genau wissen?«, widersprach Siobhan. »Sowerbridge ist ein verschlafenes Nest. Weshalb hätte sie annehmen sollen, es wäre ein Einbrecher? Sie hätte wahrscheinlich geglaubt, es wäre Jeremy, der noch mal nach seiner Großmutter sehen wollte.«

»Nein, wir glauben nicht, dass es so gewesen sein kann.« Er ergriff einen Füller und drehte ihn in der Hand. »Soweit wir feststellen konnten, wurde diese Tür nie benutzt. Die Nachbarn haben übereinstimmend ausgesagt, dass sie nie auf diesem Weg das Haus betreten haben. Der Milchmann erzählte uns, Miss Jenkins habe immer darauf geachtet, dass die Tür verschlossen war. Sie hatte einmal versucht, sie zu öffnen und bekam sie dann nicht mehr zu, weil sie so stark klemmte. Sie musste den Milchmann bitten, sie mit Gewalt zuzuschlagen.«

Seufzend gab sie sich geschlagen. »Patrick war immer so freundlich und so rührend zu den Kindern. Ich kann einfach nicht glauben, dass er ein Mörder ist.«

Er lächelte über ihre Naivität. »Das eine schließt das andere nicht aus, Mrs. Lavenham. Ich könnte mir denken, dass die Nachbarn von Jack the Ripper das Gleiche über ihn gesagt haben.«

Dienstag, 9. März 1999 – Ein Uhr morgens

Den Leuten wurde langsam kalt, als die schwelenden Überreste des Hauses abgespritzt wurden und der beißende Geruch feuchter Asche aufstieg. Jetzt, da die allgemeine Erregung sich allmählich legte, breitete sich so etwas wie Scham unter den Bewohnern von Sowerbridge aus – sie waren schließlich keine schadenfrohen Leute, nicht wahr? –, und die Menge begann sich zu zerstreuen. Nur die Haversleys, die Bentleys und Jeremy Jardine blieben an der Kreuzung zurück, offenbar von gemeinsamer Faszination an den Ort der Zerstörung gebannt, dessen Anblick sie nun jeden Tag erwarten würde, wenn sie aus ihren Häusern traten.

»Wir werden wochenlang kein Fenster öffnen können«, sagte Nora Bentley und rümpfte die Nase. »Der Geruch nimmt einem ja den Atem.«

»Und es wird noch schlimmer werden, wenn Wind aufkommt und den Ruß überall hinträgt«, nörgelte Peter, damit beschäftigt, Asche von seinem Mantel zu fegen.

Seine Frau schnalzte ungeduldig mit der Zunge. »Wir müssen uns eben damit abfinden«, sagte sie. »Es ist schließlich nicht das Ende der Welt.«

Sam Bentley überraschte sie mit schallendem Gelächter.

»Bravo, Cynthia, sehr tapfer, wenn man bedenkt, dass ihr das Meiste abbekommen werdet. Hier weht es meistens aus Südwesten, da wird sich der größte Teil des Drecks über Malvern House entladen. Aber nun ja –« Er hielt kurz inne, um erst sie und dann ihren Mann anzusehen – »wer Wind sät, wird Sturm ernten, nicht wahr?«

Niemand sagte etwas.

»Habt ihr gesehen«, bemerkte Nora mit künstlicher Munterkeit, »Liams Schrottautos haben das Feuer unversehrt überstanden. Was meint ihr, ist das so was wie ein Urteil?«

»Quatsch«, sagte Jeremy.

Wieder lachte Sam. »Findest du? Gerade du hast dich doch ständig über die alten Autos beschwert. Jetzt hast du auch noch ein ausgebranntes Haus vor der Nase. Ich kann mir nicht vorstellen, dass die O'Riordans versichert waren, da wird es wohl Jahre dauern, ehe mit dem Haus etwas geschieht. Wenn du Glück hast, kauft ein Immobilienfritze das Grundstück und stellt dir einen Haufen Vogelhäuschen vor die Tür. Wenn du Pech hast, zieht Liam eine Wellblechhütte hoch und lässt sich häuslich darin nieder. Und weißt du was, Jeremy, ich hoffe, er tut's. Persönliche Rache ist ja viel süßer als alles, was das Gesetz zu bieten hat.«

»Was soll das heißen?«

»Es wäre klüger gewesen, wenn du die Feuerwehr früher alarmiert hättest«, sagte Sam unverblümt. »Nero mag gefiedelt haben, während Rom brannte, aber seinem Ruf hat es nicht gut getan.«

Wieder Schweigen.

»Was willst du damit andeuten?«, fragte dann Cynthia aggressiv. »Dass Jeremy den Brand hätte verhindern können?«

Jeremy Jardine verschränkte die Arme. »Ich werde dich wegen Verleumdung anzeigen, wenn es so ist, Sam.«

»Ich wäre bestimmt nicht der Einzige, der so etwas denkt. Das halbe Dorf fragt sich doch, wieso Nora und ich den Rauch früher gerochen haben als du, und warum Cynthia und Peter zum ersten Mal seit Menschengedenken an einem Montagabend nach Salisbury gefahren sind.«

»Reiner Zufall«, brummte Peter Haversley.

»Nun, ich hoffe für euch, dass ihr die Wahrheit sagt«, meinte Sam und wischte sich müde das ascheverschmierte Gesicht. »Ihr werdet euch nämlich nicht nur die Fragen der Polizei gefallen lassen müssen. Die Lavenhams werden ganz sicher keine Ruhe geben.«

»Ich hoffe doch, du willst nicht unterstellen, dass einer von uns dieses fürchterliche kleine Haus angesteckt hat«, sagte Cynthia scharf. »Wirklich, Sam, manchmal verstehe ich dich nicht.«

Er schüttelte bekümmert den Kopf und wünschte, er könnte sie ebenso bedingungslos verabscheuen, wie Siobhan Lavenham das offensichtlich tat. »Nein, Cynthia, ich unterstelle, dass ihr wusstet, dass es passieren würde, und die Dorfjugend sogar noch dazu angestiftet habt. Kann ja sein, dass ihr die Morde an Lavinia und Dorothy gerächt sehen wolltet, aber Beihilfe zu einem Verbrechen ist strafbar, und –« er seufzte – »mit *meiner* Teilnahme könnt ihr nicht rechnen, wenn ihr dafür ins Gefängnis wandert.«

Hinter ihnen, im Foyer des Malvern House, begann das Telefon zu läuten …

Mittwoch, 10. Februar 1999

Siobhan hatte einen geöffneten Briefumschlag vor den Inspector auf den Schreibtisch gelegt. »Selbst wenn Patrick der Mörder ist, und selbst wenn Bridey es weiß, ist das keine Rechtfertigung für solche Gemeinheiten«, sagte sie. »Ich kann nicht beweisen, dass der Brief von Cynthia Haversley stammt, aber ich bin hundertprozentig überzeugt davon.

Ihr ist jedes Mittel recht, um Liam und Bridey das Leben zur Hölle zu machen, damit sie endlich das Feld räumen.«

Der Inspector zog stirnrunzelnd ein gefaltetes Blatt Papier aus dem Umschlag und las den Text, der aus ausgeschnittenen Druckbuchstaben zusammengesetzt war.

›HäNGen ist Zu GUt für gESinDeL WIe euch. iN dER höLLe sOllt IHr SCHmoREn!‹

»An wen war das adressiert?« fragte er.

»An Bridey.«

»Warum hat sie den Brief Ihnen gegeben und nicht der Polizei?«

»Weil sie wusste, dass ich heute hierher kommen würde. Da hat sie mich gebeten, ihn mitzunehmen. Er wurde ihr irgendwann vorgestern Nacht in den Briefkasten gesteckt.«

(»Ihnen werden sie viel eher zuhören als mir«, hatte Bridey drängend gesagt, als sie Siobhan den Brief in die Hand gedrückt hatte. »Machen Sie ihnen klar, dass wir in Gefahr sind, bevor es zu spät ist.«)

Er drehte den Umschlag um. »Warum vermuten Sie, dass Mrs. Haversley ihn geschickt hat?«

Weibliche Intuition, dachte Siobhan mit bitterer Ironie. »Weil einige der Buchstaben eindeutig aus dem Kopf des *Daily Telegraph* ausgeschnitten sind. Sie sind leicht zu erkennen. Und Cynthia hat den *Telegraph* abonniert.«

»Und Sie meinen, sie ist die Einzige in Sowerbridge?«

Sie lächelte dünn. »Nein, aber sie ist die Einzige, die fähig ist, solches Gift zu verspritzen. Die Leute gegeneinander aufzuwiegeln ist ihr Schönstes. Je mehr Unfrieden sie stiften kann, desto mehr genießt sie es. Es befriedigt sie, das Gefühl zu haben, dass alle nach ihrer Pfeife tanzen.«

»Sie mögen sie nicht.« Es war mehr Feststellung als Frage.

»Stimmt.«

»Ich auch nicht«, bekannte der Inspector, »aber das macht sie noch nicht schuldig, Mrs. Lavenham. Liam und/oder Bridey könnten sich problemlos einen *Telegraph* besorgt und den Brief selbst verfasst haben.«

»Natürlich. Bridey hat mir prophezeit, dass Sie das sagen würden.«

»Vielleicht weil es den Tatsachen entspricht?«, meinte er milde. »Schauen Sie, Mrs. Haversley ist eine korpulente, schwerfällige Frau mit dicken Fingern, sie hätte das nie so hingekriegt, schon gar nicht mit Handschuhen. Das hier –« er tippte auf den Brief –« ist viel zu akkurat. Nicht ein Buchstabe sitzt schief.«

»Dann eben Peter.«

»Peter Haversley ist Alkoholiker. Seine Hände zittern.«

»Jeremy Jardine.«

»Das bezweifle ich. Solche verleumderischen Briefe werden erfahrungsgemäß meistens von Frauen geschrieben. Es tut mir Leid, Mrs. Lavenham, aber ich kann Ihnen schon jetzt garantieren, dass wir auf diesem Schreiben lediglich die Fingerabdrücke von Bridey O'Riordan finden werden – außer Ihren und meinen natürlich. Und nicht deshalb, weil die Person, die das Schreiben zusammengestückelt hat, Handschuhe trug, sondern weil Bridey selbst die Urheberin ist.«

Donnerstag, 9. März 1999 – 1 Uhr 10

Sam Bentley schnalzte besorgt mit der Zunge, als er Peter Haversley, der ins Haus gegangen war, um den Anruf entgegenzunehmen, unsicheren Schrittes zurückkommen sah. Peters Gesicht wirkte im Licht des Feuerwehrautos wie ausgeblutet.

»Du gehörst ins Bett, Mann. Wir alle sollten uns aufs Ohr legen. Wir sind zu alt für solche Aufregungen.«

Peter ignorierte ihn. »Das war Siobhan«, sagte er abgehackt. »Sie hat mich gebeten, der Polizei mitzuteilen, dass Rosheen verschwunden ist. Sie sagte, Liam hätte heute Abend um halb neun vom Kilkenny Cottage aus auf der Farm angerufen, und jetzt hat sie Angst, dass er und Rosheen im Haus waren, als das Feuer ausbrach.«

»Ach, das ist doch ausgeschlossen«, entgegnete Jeremy sofort.

»Woher weißt du das so genau?«

»Na, wir haben doch alle gesehen, wie sie heute Morgen nach Winchester abgefahren sind. Liam und Bridey, meine ich.«

»Und was ist, wenn Liam zurückgekommen ist, um auf sein Haus aufzupassen? Und wenn er Rosheen angerufen und gebeten hat, zu ihm zu kommen?«

»Herrgott noch mal, Peter!«, fuhr Cynthia ihn an. »Du kennst doch Siobhan. Sie will nur Ärger machen.«

»Das glaube ich nicht. Sie wirkte sehr beunruhigt.« Er sah sich nach einem Polizisten um. »Ich werde es auf jeden Fall melden.«

Seine Frau packte ihn beim Arm. »Kommt nicht in Frage«, zischte sie wütend. »Lass Siobhan ihre schmutzige Arbeit allein machen. Wenn sie schon so eine Schlampe als Kindermädchen einstellt, dann soll sie gefälligst selbst auf sie aufpassen.«

Einen Moment lang war es totenstill. Peter sah seine Frau an, als hätte er eine Fremde vor sich. Dann hob er die Hand und schlug sie ins Gesicht. »Ich weiß nicht, wie tief du gesunken bist«, sagte er, »ich jedenfalls bin *kein* Mörder…«

Bürger greifen zur Selbstjustiz und brennen Haus irischer Familie ab

Das Elternhaus Patrick O'Riordans, der gegenwärtig wegen Mordes an Lavinia Fanshaw und Dorothy Jenkins vor Gericht steht, ist gestern Abend völlig niedergebrannt. Die Polizei geht von Brandstiftung aus. Von verschiedenen Stellen wurde Besorgnis hinsichtlich des Verbleibs der Eltern Patrick O'Riordans geäußert, und es gibt Berichte, die besagen, dass in der ausgebrannten Küche Leichen gefunden wurden. Die Polizei lehnt jede Aussage zu den Gerüchten ab. Der Verdacht richtet sich unterdessen gegen Einheimische, die eine »Hasskampagne« gegen die Familie O'Riordan geführt haben. Angesichts offener Kritik hat die Polizei Hampshire nochmals betont, dass niemand, der glaubt, das Recht in die eigenen Hände nehmen zu können, mit Nachsicht rechnen kann. »Wir werden ohne Zögern gegen solche Leute vorgehen«, sagte ein Sprecher. »Brandstiftung ist ein schweres Verbrechen.«

6

Dienstag, 9. März 1999

Als Siobhan morgens um sechs ein Auto vorfahren hörte, schöpfte sie vorübergehend Hoffnung. Vielleicht hatte jemand Rosheen gefunden und nach Hause gebracht. Todmüde nach der kurzen Nacht öffnete sie die Haustür und starrte die beiden Polizisten an, die draußen standen. Sie sahen aus wie Gespenster im grauen Morgenlicht. Unheilsboten, dachte sie beim Anblick der bedrückten Gesichter. Sie kannte sie beide. Der eine war der Inspector der Kriminalpolizei, der andere der junge Constable, der sie am Abend zuvor an der Kirche aufgehalten hatte.

»Kommen Sie herein«, sagte sie und zog die Tür ganz auf.

»Danke.«

Sie ging ihnen voraus in die Küche und hockte sich, Patch in den Arm nehmend, wieder auf das Sitzpolster vor dem Herd. »Das ist Brideys Hund«, sagte sie, während sie die Schnauze des Tiers streichelte. »Sie hängt sehr an ihm. Und er an ihr. Nur ist er als Wachhund leider ein hoffnungsloser Fall. Er ist wie Bridey« – Tränen der Erschöpfung schossen ihr in die Augen – »nicht übermäßig intelligent, nicht übermäßig mutig, aber so gutmütig wie man überhaupt sein kann.«

Die beiden Polizisten waren verlegen vor ihr stehen geblieben, wussten nicht, wo sie Platz nehmen, was sie sagen sollten.

»Sie sehen schrecklich aus«, bemerkte sie mit schwankender Stimme. »Ich nehme an, Sie sind gekommen, um mir mitzuteilen, dass Rosheen tot ist.«

»Wir wissen es noch nicht, Mrs. Lavenham.« Der Inspector drehte einen Stuhl herum und setzte sich ihr gegenüber. Er bedeutete seinem jungen Kollegen, es ihm nachzutun. »Wir haben im Küchenraum einen Leichnam gefunden, aber es wird einige Zeit in Anspruch nehmen, um festzustellen ...« Er brach ab, schien nicht weiterzuwissen.

»Er ist bis zur Unkenntlichkeit verbrannt«, erklärte er dann. »Wir warten auf einen ersten Befund des Pathologen, um wenigstens etwas über Alter und Geschlecht des oder der Toten zu erfahren.«

»O Gott«, sagte sie tonlos. »Dann muss es Rosheen sein.«

»Warum glauben Sie nicht, dass es Bridey oder Liam ist?«

»Weil –« Erschrocken brach sie ab. »Ich dachte, der Anruf wäre vorgetäuscht gewesen, um Rosheen Angst zu machen. O Gott, sind sie denn nicht in Winchester?«

Der Inspector wirkte unsicher. »Sie wurden gestern nach Ende der Verhandlung in eine geheime Wohnung gebracht, aber offenbar haben sie die wenig später wieder verlassen. Es war niemand zu ihrer Überwachung da, wissen Sie. Sie hatten eine direkte Telefonverbindung zum zuständigen Polizeirevier, und wir haben die Nacht durch das Haus von der Streife kontrollieren lassen. Wir fürchteten einen Anschlag von außerhalb; wir rechneten nicht damit, dass sie hierher zurückkehren würden, ohne uns davon zu unterrichten.« Er rieb sich mit einer Hand das Kinn. »Oben beim Herrenhaus wurden frische Reifenspuren gefunden. Liam könnte seinen Wagen dort abgestellt haben und Bridey dann im Rollstuhl durch den Garten zu dem Fußweg neben dem Kilkenny Cottage geschoben haben.«

Sie schüttelte verwirrt den Kopf. »Aber wieso haben Sie dann nicht drei Tote gefunden?«

»Der Kombi ist nicht mehr da, Mrs. Lavenham, und die Personen, die im Kilkenny Cottage ums Leben gekommen sind, wurden wahrscheinlich von Liam O'Riordan getötet.«

Mittwoch, 10. Februar 1999

Am Ende des Gesprächs mit dem Inspector war sie aufgestanden. »Soll ich Ihnen sagen, was ich an den Engländern am meisten hasse?«, fragte sie ihn.

Er sah sie fragend an.

»Keinem von ihnen kommt je der Gedanke, dass er sich irren könnte.« Sie legte die flache Hand auf den anonymen Brief auf seinem Schreibtisch. »Aber hier irren Sie sich. Bridey ist meine Meinung wichtig – *ich* bin ihr wichtig –, und nicht nur weil ich Irin bin wie sie, sondern weil ich die Arbeitgeberin ihrer Nichte bin. Niemals würde sie etwas tun, was Rosheens Stellung in unserem Haus gefährden könnte, denn Rosheen und ich sind die einzigen Menschen in Sowerbridge, auf die sie zählen kann. Wir kaufen für sie ein, wir tun unser Bestes, um sie zu schützen, wir nehmen sie bei uns auf, wenn sie sich bedroht fühlt. Unter keinen Umständen würde Bridey mich dazu benutzen, der Polizei gefälschte Beweise unterzujubeln. Sie hätte viel zu große Angst, dass ich sie dann fallen lassen würde und Rosheen veranlassen würde, ebenso zu handeln.«

»Das mag ja stimmen, Mrs. Lavenham, aber vor Gericht kämen Sie mit so einem Argument nicht weit.«

»Ich will kein Gericht überzeugen, Inspector, ich

will *Sie* davon überzeugen, dass die O'Riordans in Sowerbridge mit Hass und Terror verfolgt werden und dass ihr Leben in Gefahr ist.« Sie sah, wie er den Kopf schüttelte. »Sie haben nicht ein Wort von dem, was ich gesagt habe, wirklich gehört, richtig? Sie glauben, ich ergriffe für Bridey Partei, weil ich Irin bin.«

»Ist es nicht so?«

»Nein.« Mit einem Seufzer richtete sie sich auf. »Moralische Unterstützung ist der irischen Kultur fremd. Das Einzige, was uns wirklich Spaß macht, ist, untereinander Krieg zu führen. Ich dachte, jeder Engländer wüsste das.«

Dienstag, 9. März 1999

Die Nachricht, dass der Prozess gegen Patrick O'Riordan für die Dauer der polizeilichen Ermittlungen über das Verschwinden seiner Eltern und seiner Cousine vertagt worden war, wurde mittags in Rundfunk und Fernsehen bekannt gegeben, aber Siobhan schaltete das Radio aus, ehe ihre beiden kleinen Söhne auf die Namen aufmerksam werden konnten.

Sie hatten den ganzen Vormittag mit großen Augen das Kommen und Gehen einer ganzen Prozession von Polizeibeamten verfolgt, die in der Hoffnung, irgendeinen Hinweis auf Rosheens Verbleib zu finden, im Zimmer des Mädchens das Unterste zuoberst gekehrt hatten. Tief beklommen hatte Siobhan zugesehen, wie sie mit äußerster Sorgfalt die Haarbürste Rosheens an sich genommen hatten, dazu einige benützte Zellstofftücher aus ihrem Papierkorb und ein paar schmutzige Wäschestücke, um dem Pathologen Material zu einer vergleichenden DNA-Untersuchung zu liefern.

Sie hatte den Jungen erklärt, dass Rosheen nicht zu Hause gewesen war, als sie selbst am vergangenen Abend heimgekommen war, und dass sie, weil sie sich Sorgen mache, die Polizei gebeten habe, nach ihr zu suchen.

»Sie ist zu Tante Bridey gegangen«, sagte der sechsjährige James.

»Woher weißt du das, Schatz?«

»Weil Onkel Liam angerufen hat und gesagt hat, dass es Tante Bridey nicht gut geht.«

»Hat Rosheen dir das erzählt?«

Er nickte. »Sie hat gesagt, sie käme gleich wieder, aber ich müsste inzwischen schlafen. Und das hab ich auch getan.«

Sie gab ihm einen Kuss auf den Scheitel. »Braver Junge.«

Er und Oliver saßen am Küchentisch und malten, als James plötzlich seinen Stift kreuz und quer über sein Blatt zog, um zu überkritzeln, was er zu

Papier gebracht hatte. »Ist es, weil Onkel Patrick diese Frau getötet hat?«, fragte er sie.

Siobhan blickte ihm einen Moment forschend ins Gesicht. Sie hatte es Rosheen klar und deutlich gesagt: ›Ganz gleich was, Rosheen, sagen Sie den Kindern auf keinen Fall, was man Patrick vorwirft…‹ »Ich hatte keine Ahnung, dass du davon weißt«, sagte sie in leichtem Ton.

»Das weiß doch jeder«, erklärte er. »Onkel Patrick ist ein Monster, und er gehört aufgehängt.«

»Du meine Güte!«, rief sie mit einem Lächeln, das nicht echt war. »Wer hat denn das gesagt?«

»Kevin.«

Zorn schnürte ihr beinahe die Kehle zu. Ian hatte nach dem Zwischenfall in der Scheune klare Regeln aufgestellt. »Sie können sich in Ihrer Freizeit mit Kevin treffen, Rosheen, aber nicht, wenn Sie für die Kinder da sein müssen…«

»Kevin Wyllie? Rosheens Freund?« Sie kauerte neben ihm nieder und strich ihm eine Locke aus der Stirn. »Kommt er denn oft hierher?«

»Rosheen hat gesagt, wir dürfen nichts verraten.«

»Ich glaube nicht, dass sie gemeint hat, ihr dürft *mir* nichts verraten, Schatz.«

James schlang die dünnen Arme um ihren Hals und drückte seine Wange an die ihre. »Doch, ich glaube schon, Mami. Sie hat gesagt, Kevin würde ihr den Kopf abreißen, wenn wir dir oder Daddy was verraten.«

Später – Dienstag, 9. März 1999

»Ich kann es nicht fassen, dass ich das zugelassen habe«, rief sie, während sie wie gejagt im Wohnzimmer hin und her lief. »Ich hätte auf Ian hören sollen. Er hat gleich gesagt, dass Kevin nichts taugt.«

»Beruhigen Sie sich, Mrs. Lavenham«, sagte der Inspector leise. »Sie wollen doch nicht, dass Ihre Kinder das alles mitbekommen.«

»Aber warum hat Rosheen mir nichts davon gesagt, dass Kevin sie bedrohte? Sie hätte doch wissen müssen, dass sie mir vertrauen kann. Ich hab mich weiß Gott nach Kräften bemüht, ihr und ihrer Familie zu helfen.«

»Vielleicht lag genau da das Problem«, meinte er. »Vielleicht wollte sie Ihnen nicht noch mehr aufbürden.«

»Aber sie war für meine Kinder verantwortlich! Ich kann einfach nicht glauben, dass sie brav den Mund gehalten hat und sich von diesem Primitivling terrorisieren ließ.«

Der Inspector sah sie einen Moment nachdenklich an. Er fragte sich, wie viel er ihr sagen sollte.

»Kevin Wyllie ist ebenfalls verschwunden«, sagte er dann unvermittelt. »Wir sind im Moment dabei, uns bei ihm zu Hause Material für eine DNA-Untersuchung zu besorgen, weil wir glauben, dass er der Tote ist, den wir im Kilkenny Cottage gefunden haben.«

Siobhan starrte ihn verständnislos an. »Jetzt verstehe ich gar nichts mehr.«

Er lachte kurz. »Eines kann der Pathologe immerhin schon jetzt mit Sicherheit sagen, Mrs. Lavenham – die Person, die im Cottage umgekommen ist, stand aufrecht, als sie starb.«

»Ich verstehe immer noch nicht.«

Er fuhr sich mit der Zunge über spröde Lippen. Er sah krank aus, fand sie.

»Unserer Theorie zufolge haben Liam, Bridey und Rosheen sich selbst zu Richter und Henker ernannt, bevor sie das Haus in Brand steckten, um alle Spuren zu vernichten.«

The Daily Telegraph *Mittwoch, 10. März*

Ehepaar festgenommen

Zwei Personen, mutmaßlich die Eltern Patrick O'Riordans, dessen Prozess vor dem Strafgericht von Winchester vor zwei Tagen bis auf weiteres vertagt wurde, wurden gestern unter Mordverdacht in Liverpool festgenommen, als sie in Begriff waren, an Bord einer Fähre nach Irland zu gehen. Es gibt noch immer keinen Hinweis auf den Verbleib ihrer Nichte Rosheen, deren Familie im County Donegal wohnhaft ist. Die Polizei Hampshire bestätigte, dass die irischen Polizeibehörden bei der Suche nach der verschwundenen Familie Unterstützung geleistet haben. Es besteht weiterhin der Verdacht, dass der Tote, der im Kilkenny Cottage gefunden wurde, der achtundzwanzigjährige Kevin Wyllie aus Sowerbridge ist, wenn auch die Polizei derzeit nicht bereit ist, sich näher zu diesem Verdacht zu äußern.

Donnerstag, 11. März – 4 Uhr morgens

Siobhan hatte stundenlang zum eintönigen Ticken des Weckers auf dem Nachttisch wach gelegen. Um zwei Uhr hörte sie Ian ins Haus kommen und auf Zehenspitzen ins Gästezimmer schleichen, aber sie tat keinen Mucks, um ihn wissen zu lassen, dass sie wach war. Morgen früh wäre noch Zeit, sich zu entschuldigen. Dafür, dass sie ihn vorzeitig nach Hause gelotst hatte… dass sie gesagt hatte, es sei ihr egal, wenn die Firma Lavenham den Bach runter ginge… dass sie alles völlig falsch gesehen hatte… das sie den Engländern die Sünden der Iren hatte in die Schuhe schieben wollen…

Schmerz ergriff sie jedes Mal, wenn sie an Rosheen dachte. Es war ein komplizierter Schmerz, der Scham und Schuldgefühl zu gleichen Teilen in sich trug, da sie sich von Verantwortung für das, was das Mädchen getan hatte, nicht freisprechen konnte. »Ich dachte, sie wäre in Kevin verliebt«, hatte sie am Nachmittag zum Inspector gesagt. »Ian konnte nicht verstehen, was sie an ihm fand. Ich schon.«

»Ach ja?«, fragte er mit einem Anflug von Zynismus. »Weil er zu ihr passte? Weil Kevin der gleichen Klasse angehörte wie sie?«

»Mit Klasse hatte das gar nichts zu tun«, protestierte sie.

»Wirklich nicht? In mancher Hinsicht sind Sie mehr Snob als die von Ihnen geschmähten Engländer, Mrs. Lavenham. Sie haben Rosheen gezwungen, sich zu ihrer Verwandtschaft mit Liam und Bridey zu bekennen, weil *Sie* sich zu diesen Leuten bekannt haben«, sagte er brutal. »Dabei hätten Sie doch eigentlich auf den Gedanken kommen müssen, dass ein intelligentes Mädchen wie Rosheen höhere Ambitionen haben würde, als sich mit irischen Zigeunern in einen Topf werfen zu lassen.«

»Warum hat sie sich dann überhaupt mit Kevin abgegeben? War er nicht genauso übel?«

Der Inspector zuckte die Achseln. »Hatte sie denn eine Wahl? Wie viele ungebundene Männer gibt es in Sowerbridge? Und sie musste Sie ja glauben machen, sie wäre mit irgendjemandem zusammen, sonst hätten Sie angefangen, unbequeme Fragen zu stellen. Trotzdem« – er schwieg einen Moment – »ich glaube nicht, dass der arme Kerl auch nur die geringste Ahnung davon hatte, wie sehr sie ihn verabscheute.«

»Niemand hat das geahnt«, sagte Siobhan bekümmert. »Alle glaubten, sie wäre völlig vernarrt in ihn.«

»Sie hat ein Spiel auf lange Sicht gespielt«, sagte er langsam, »und sie hat das sehr gut gemacht. Sie hatten nie den geringsten Zweifel, dass sie ihre Tante und ihren Onkel gern hatte.«

»Ich habe geglaubt, was sie mir erzählt hat.«

Er lächelte leicht. »Und Sie wollten unbedingt, dass alle anderen es auch glauben.«

Siobhan sah ihn betroffen an. »O Gott! Ist dann alles meine Schuld?«

»Nein«, murmelte er. »Meine. Ich habe Sie nicht Ernst genommen, als Sie sagten, die Iren hätten den größten Spaß daran, sich untereinander zu bekriegen.«

Donnerstag, 11. März 1999 – 15 Uhr

Cynthia Haversley zog ihre Haustür einen Spalt auf. »Ach, Sie sind es«, sagte sie mit überraschender Herzlichkeit. »Ich fürchtete, es wäre wieder einer dieser grässlichen Journalisten.«

Sieh einer an! Wie schnell sich die Zeiten ändern, dachte Siobhan leicht ironisch, als sie eintrat. Vor noch gar nicht langer Zeit hatte Cynthia eben diese »grässlichen« Journalisten mit Vergnügen zu einer Tasse Tee ins Haus geholt, um ihnen Schauergeschichten über die O'Riordans zu erzählen.

Sie nickte Peter zu, der an der Tür zum Wohnzimmer stand. »Wie geht es Ihnen beiden?«

Sie hatte die beiden vor drei Tagen zuletzt gesehen und war erschrocken darüber, wie stark gealtert sie wirkten. Besonders Peter sah ausgesprochen hager und grau aus, sie vermutete, dass er noch mehr getrunken hatte als gewöhnlich.

Er drehte eine Hand hin und her. »Nicht gerade glänzend. Wir schämen uns ziemlich über unser Verhalten, wenn ich ehrlich sein soll.«

Cynthia öffnete den Mund, um etwas zu sagen, verkniff es sich dann aber offensichtlich. »Wo sind die Jungs?«, fragte sie stattdessen.

»Nora passt auf sie auf.«

»Sie hätten sie mitbringen sollen. Mich hätte es nicht gestört.«

Siobhan schüttelte den Kopf. »Ich wollte nicht, dass sie hören, was ich Ihnen zu sagen habe, Cynthia.«

Cynthia Haversley brauste sofort auf. »Sie können mir keinen Vorwurf –«

»Das reicht!«, fiel Peter ihr ins Wort und trat einen Schritt zur Seite. »Kommen Sie ins Wohnzimmer, Siobhan. Wie geht's Ian? Wir haben gesehen, dass er zurück ist.«

Sie ging zum Fenster, von wo sie die Überreste des Cottage sehen konnte. »Er ist müde«, antwortete sie. »Er ist erst in den frühen Morgenstunden nach Hause gekommen und musste bei Tagesanbruch schon wieder los. Ins Büro. Wir haben drei Aufträge, und sie sind drauf und dran in die Binsen zu gehen, weil keiner von uns beiden die letzten Tage da war.«

»Es ist sicher nicht leicht für Sie.«

»Nein«, sagte sie langsam. »Ian sollte eigentlich bis Freitag in Italien bleiben, aber unter den Umständen…« Sie hielt einen Moment inne. »Leider kann keiner von uns an zwei Orten zugleich sein.« Sie drehte sich herum und sah die beiden anderen an. »Und ich kann die Kinder nicht allein lassen.«

»Das tut mir Leid«, sagte Peter.

Sie lachte ein wenig. »Das braucht Ihnen nicht Leid zu tun. Ich hab die beiden ziemlich gern, wissen Sie, da ist es keine Strafe, zu Hause zu bleiben.

Ich wünschte nur, die Umstände wären freundlicher.« Sie verschränkte die Arme und musterte Cynthia aufmerksam. »James hat mir gestern eine interessante Geschichte erzählt«, sagte sie. »Ich nehme an, sie ist wahr, weil er ein aufrichtiger Junge ist, aber ich wollte trotzdem bei Ihnen nachfragen. Nach allem, was geschehen ist, fällt es mir schwer, noch irgendjemandem zu glauben. Stimmt es, dass Sie neulich bei uns waren und James und Oliver allein vorgefunden haben?«

»Ich hatte Rosheen weggehen sehen«, erklärte sie, »und ich wusste, dass sonst niemand im Haus war, weil ich – nun ja, ich hatte an dem Morgen Ihre Einfahrt beobachtet.« Verteidigungsbereit plusterte sie sich auf. »Ich habe Ihnen immer gesagt, dass sie faul und hinterhältig ist, aber Sie wollten nicht auf mich hören.«

»Weil Sie mir nie gesagt haben, warum Sie ihr nicht trauen«, erwiderte Siobhan ruhig.

»Ich glaubte, Sie wüssten Bescheid, und es machte Ihnen nichts aus. Ian hat ja kein Geheimnis daraus gemacht, wie wütend er war, als Sie sie eines Abends beim Heimkommen mit Kevin in der Scheune ertappten, aber Sie sagten nur, er reagiere völlig übertrieben.« Sie überlegte, ob es klug wäre, sich kein Blatt vor den Mund zu nehmen, kam zu dem Schluss, es sei das einzig Richtige, und holte einmal tief Luft. »Ehrlich gesagt, Siobhan, ich hatte den Eindruck, Sie fänden die ganze Geschichte eher erheiternd. Ich habe nie verstanden, wieso. Ich hätte dieses Mädchen auf der Stelle an die Luft gesetzt und mich nach jemand Zuverlässigerem umgesehen.«

Siobhan schüttelte den Kopf. »Ich dachte, es wäre ein einmaliges Vorkommnis. Ich hatte keine Ahnung, dass sie so weitermachen würde.«

»Aber das war doch klar. So wie dieses Mädchen hinter den Männern her war! Einfach schamlos. Soundso oft hat sie Ihre Kinder einfach bei Bridey abgesetzt, um sich mit Kevin Wyllie zu amüsieren. Ich habe mehrmals beobachtet, wie sie mit den Kindern zum Kilkenny Cottage hinuntergegangen ist und fünf Minuten später ohne sie wieder herauskam. Dann ist sie mit diesem unangenehmen jungen Kerl zusammen ganz frech in Ihrem Range Rover davongefahren. Ich habe mich gefragt, ob Sie wissen, was vorgeht.«

»Sie hätten es mir sagen sollen.«

Cynthia schüttelte den Kopf. »Sie hätten doch gar nicht auf mich gehört.«

»Tatsächlich hat Cynthia mehrmals versucht, das Thema zur Sprache zu bringen«, bemerkte Peter vorsichtig, »aber Sie sind jedes Mal sofort rabiat geworden und haben Sie praktisch als Irenhasserin hingestellt.«

»Sie hat mir aber auch kaum eine Wahl gelassen«, sagte Siobhan ohne Feindseligkeit. »Hätten Sie denn nicht Rosheen von Liam, Bridey und Patrick trennen können, Cynthia? Warum musste jedes Gespräch über mein Kindermädchen mit einer Schimpftirade gegen ihre Verwandten beginnen?«

Auf ihre Worte folgte ein kurzes, unbehagliches Schweigen.

Sie seufzte. »Eines verstehe ich wirklich nicht – wieso konnten Sie glauben, ich wäre eine Mutter, die es nicht kümmert, wenn ihre Kinder vernachlässigt werden?«

Cynthia machte ein verlegenes Gesicht. »Das habe ich doch gar nicht geglaubt. Ich dachte nur, Sie wären – nun ja, nonchalanter als die meisten.«

»Weil ich Irin bin?«

»Ach, Siobhan!« Peter schüttelte mit bekümmertem Zungenschnalzen den Kopf. »So war es doch gar nicht. Herrgott noch mal, wir hatten keine Ahnung, was für Anweisungen Rosheen von Ihnen hatte. Wir dachten, ehrlich gesagt, Sie ermunterten sie, Bridey helfen zu lassen, um der armen Alten das Gefühl zu geben, sie werde gebraucht. Wir fanden das nicht gut – wir hielten es, offen gesagt, für Wahnsinn –« Mit schuldbewusstem Gesicht brach er ab. »Wie Cynthia immer wieder sagte, niemals hätte sie zwei lebhafte Kinder in der Obhut einer invaliden alten Frau und eines Trinkers gelassen, aber wir glaubten, Sie wollten

Solidarität mit ihnen demonstrieren. So nach dem Motto – wenn ich den O'Riordans meine Kinder anvertraue, dann solltet ihr anderen ihnen auch Vertrauen entgegenbringen.«

Siobhan wandte sich wieder dem Fenster zu und dem schwarz verkohlten Trümmerhaufen, der einmal das Kilkenny Cottage gewesen war. »Weil ein Nagel fehlte, ging ein Eisen verloren ... weil ein Eisen fehlte, ging das Pferd verloren ... weil es an beiderseitigem Verständnis fehlte, gingen Menschenleben verloren ...«

»Hätten Sie mir nicht damals, als Sie James und Oliver allein im Haus vorfanden, wenigstens einen Ton sagen können?«, fragte sie leise.

»Ich habe es versucht«, antwortete Cynthia.

»Wann?«

»Am Tag danach. Ich habe Sie und Ian am Ende der Einfahrt angehalten, als Sie zur Arbeit fahren wollten, und sagte, Ihre Kinder seien noch zu klein, um allein gelassen zu werden. Ich muss gestehen, ich fand Ihre Reaktion ungewöhnlich lässig, aber, nun ja –« Sie zuckte die Achseln. »Eigentlich hatte ich gar nichts anderes erwartet.«

Siobhan erinnerte sich gut an den Vorfall. Cynthia hatte mitten in der Einfahrt gestanden und ihnen den Weg versperrt. Als Ian angehalten hatte, hatte sie rot vor Empörung den Kopf beinahe durch Ians offenes Fenster geschoben und ihnen beiden einen Vortrag darüber gehalten, was für ein bodenloser Leichtsinn es sei, ein sittenloses Kindermädchen einzustellen.

»Wir nahmen beide an, Sie sprächen von dem Abend, als sie mit Kevin in der Scheune war. Ian sagte hinterher, er wünschte, er hätte es nie erwähnt, weil wir das nun wahrscheinlich bei jeder Gelegenheit von Ihnen zu hören bekommen würden.«

Cynthia runzelte die Stirn. »Haben James und Oliver Ihnen denn nichts erzählt? Ich war fast zwei Stunden bei ihnen und habe Rosheen kräftig Bescheid gesagt, als sie schließlich nach Hause kam.«

»Sie hatten zu viel Angst. Kevin hat sie geohrfeigt, weil sie Ihnen aufgemacht hatten, und sagte, wenn ich sie fragen sollte, ob Mrs. Haversley da gewesen wäre, müssten sie nein sagen.«

Cynthia ließ sich beschwerlich in einen Sessel hinunter. »Ich hatte ja keine Ahnung«, sagte sie entsetzt. »Kein Wunder, dass Sie so gelassen waren.«

»Hm.« Siobhan sah die beiden an. »Wir haben einander anscheinend von Anfang an nur missverstanden. Das tut mir jetzt sehr Leid. Ich denke ständig, wenn ich mit meinem Urteil über Sie alle nicht so schnell bei der Hand gewesen wäre, hätte niemand zu sterben brauchen.«

Peter schüttelte den Kopf. »Das geht uns anderen genauso. Auch Sam und Nora Bentley. Sie meinen, wenn sie Sie in Ihrem Urteil über Bridey und Liam unterstützt hätten, anstatt sich herauszuhalten –« Mit einem Seufzer brach er ab. »Ich verstehe nicht, wie wir das Ganze so außer Kontrolle geraten lassen konnten. Wir sind doch keine Unmenschen. Ein bisschen kurzsichtig vielleicht – manchmal zu schnell bereit, andere zu verurteilen –, aber doch nicht *herzlos.*«

Siobhan musste an Jeremy Jardine denken. Schloss Peter auch Lavinias Enkel in diese Generalabsolution mit ein?

7

Freitag, 12. März 1999 – 9 Uhr

»Soll ich Ihnen eine Tasse Tee bringen, Bridey?«, fragte der Inspector, als er in den Vernehmungsraum kam.

Die alte Frau zwinkerte verschmitzt. »Ich hätte lieber ein Guinness.«

Lachend zog er sich einen Stuhl heran. »Sie und Liam können sich die Hand reichen. Er sagt, das ist das erste Mal seit seinem letzten Gefängnisaufenthalt vor zwanzig Jahren, dass er nicht trinkt.« Er musterte sie einen Moment lang. »Und – bereuen Sie irgendetwas?«

»Nur eines«, antwortete sie. »Dass wir Mr. Jardine nicht auch getötet haben.«

»Dass Sie Rosheen getötet haben, bereuen Sie nicht?«

»Warum sollte ich?«, fragte sie. »Genauso leicht würd ich eine Schlange tottreten. Sie hat uns verhöhnt und sich damit gebrüstet, wie schlau es von ihr war, diese beiden harmlosen alten Frauen umzubringen und dann unserem Patrick die Schuld in die Schuhe zu schieben. Und das alles nur, weil sie unbedingt einen reichen Mann heiraten wollte. Ich hätte gleich am ersten Tag erkennen müssen, was für ein Satansweib sie war.«

»Wie haben Sie sie getötet?«

»Ach, sie war dumm. Sie hat geglaubt, bloß weil ich im Rollstuhl sitze, hätte sie nichts von mir zu fürchten. Dabei hab ich doch meine ganze Kraft in den Armen. Vor Liam hatte sie Angst. Sie hat vergessen, dass er seit fünfzehn Jahren keiner Fliege mehr was zu Leide tun kann.« Lächelnd nahm sie eine Armstütze ihres Rollstuhls ab und hielt sie hoch. An den beiden Enden ragten die Metallstifte heraus, mit denen sie in den Rahmen eingeklinkt wurde. »Ich kann mich nur auf ein Bett oder einen Stuhl schieben, wenn die abgenommen ist, und sie ist so oft runtergemacht worden, dass die Stifte so scharf geschliffen sind wie Rasierklingen. Vielleicht hätte ich ihr das Ding nicht auf den Kopf gehauen, wenn sie nicht gelacht hätte und uns primitive irische Idioten genannt hätte. Ich weiß nicht. Vielleicht hätt ich's trotzdem getan. Wütend genug war ich, das können Sie mir glauben.«

»Wieso waren Sie auf Kevin nicht wütend?«, fragte er neugierig. »Er hat uns gesagt, dass er an dem Abend nur gekommen ist, weil man ihn dafür bezahlt hätte, dass er Ihr Haus in Brand steckt. Warum haben Sie ihn nicht auch getötet? Er versucht gar nicht zu leugnen, dass er und seine Freunde Sie monatelang terrorisiert haben.«

»Glauben Sie vielleicht, das hätten wir nicht gewusst? Warum wären wir denn sonst klammheimlich ins Haus zurückgekommen? Wir wollten ihn und seine Kumpel auf frischer Tat ertappen, damit ihr Bande endlich mal aufmerkt und zur Kenntnis nehmt, wie die uns monatelang getriezt haben. Liam hat's gesagt – man muss Feuer mit Feuer bekämpfen. Das heißt nicht, dass wir sie umbringen wollten – aber einen gehörigen Schrecken wollten wir ihnen einjagen.«

»Aber es kam nur Kevin?«

Sie nickte. »Dieser habgierige kleine Wurm. Wollt gutes Geld nicht mit seinen Freunden teilen, wo doch ein einziges Streichholz reichte, um die Sache zu erledigen. Da kam er mit seinem Benzinkanister reingeschlichen, und ich sag's Ihnen, ich hab nie erlebt, dass jemand so erschrocken ist wie er, als Liam ihm die Schlinge über den Kopf geworfen hat und zu mir gesagt hat, ich soll Licht machen. Wir hatten den Strick vom Dachbalken runtergelassen, und der Junge hing in der Schlinge wie die Fliege mit Netz. Hab ich Ihnen erzählt, dass er sich nass gemacht hat?«

»Nein.«

»Hat er aber. Hat vor lauter Schiss den ganzen Boden vollgepinkelt.«

»Sein Hals ist rundherum aufgescheuert von dem Strick, Bridey. Liam muss da schon ziemlich fest zugezogen haben. Vielleicht glaubte Kevin, Sie wollten ihn hängen.«

»Liam hat gar nicht die Kraft, irgendwas fest zusammenzuziehen«, entgegnete sie sachlich, während sie die Armstütze des Rollstuhl wieder verankerte. »Schon seit fünfzehn Jahren nicht mehr.«

»Ja, das sagen Sie ständig«, murmelte der Inspector.

»Ich denk mal, Kevin wird Ihnen sagen, dass er sich das selbst zugefügt hat. Er ist ausgerutscht. Er hatte ja solche Angst, dass er sich kaum auf den Beinen halten konnte. Aber so haben wir wenigstens gewusst, dass er die Wahrheit sagt. Wir haben mit allem gerechnet – Mrs. Haversley – Mr. Jardine – aber stattdessen sagt er uns, dass es unsere eigene Nichte war, die ihm hundert Pfund versprochen hat, wenn er das Haus abfackelt und dafür sorgt, dass sie uns für immer los ist.«

»Sagte er auch, dass sie die Hetzkampagne gegen Sie geschürt hatte?«

»O ja«, murmelte sie und starrte an ihm vorbei ins Leere, als ließe sie die Szene noch einmal vor sich ablaufen. »›Sie nennt Sie irisches Pack‹, hat er uns erzählt, ›und kann Sie nicht ausstehen, weil Sie nichts als kleine Leute sind und arm noch dazu. Sie will, dass Sie aus Sowerbridge verschwinden, weil die Leute keinen Respekt vor ihr haben, solange Sie noch hier sind.‹« Sie lächelte dünn. »Darauf hab ich gesagt, ich könnt ihr das gar nicht übel nehmen, weil's ja für sie sicher nicht angenehm war, dass ihr Vetter wegen Mord verhaftet wurde und ihre Tante und ihr Onkel wie Aussätzige behandelt wurden –« Sie hielt inne und sah zu ihren Händen hinunter – »und da hat er gemeint, Patricks Verhaftung hätte nichts damit zu tun.«

»Erklärte er, was er damit sagen wollte?«

»Dass sie uns vom ersten Tag an gehasst hat.« Sie schüttelte den Kopf. »Dabei hab ich keine Ahnung, was wir ihr angetan haben, dass sie so schlecht von uns denken musste.«

»Sie haben Ihre Verwandten belogen, Bridey. Wir haben mit Rosheens Bruder gesprochen. Er hat uns gesagt, dass ihre Mutter ihr mit den tollsten Geschichten über Sie den Kopf verdreht hätte – dass Sie und Liam im Geld schwämmen, dass Sie Ihr Geschäft in London verkauft hätten, um sich in einem schönen Haus in einem malerischen Teil Englands zur Ruhe zu setzen. Ich kann mir vorstellen, dass die Realität eine grausame Enttäuschung für sie war. Ihrem Bruder zufolge hatte sie den Kopf voller Träume von einem reichen Mann, der sie heiraten würde, als sie nach England kam.«

»Sie war böse, Inspector. Durch und durch. Und ich lass mir nicht für was die Schuld geben, was einzig und allein ihre Schuld war. Ich war von Anfang an ehrlich mit ihr. Schau, so leben wir, hab ich gesagt, weil es Gott gefallen hat, uns für Liams und Patricks Sünden zu bestrafen, aber du wirst deswegen nie in Verlegenheit kommen, weil kein Mensch davon weiß. Wir sind vielleicht nicht so reich, wie du gehofft hast, aber wir haben Herz, und du wirst hier immer ein Zuhause haben, wenn's mit der Arbeit bei Mrs. Lavenham nicht klappt.«

»Und jetzt macht Mrs. Lavenham sich Vorwürfe, Bridey. Sie sagt, wenn sie weniger Zeit in der Firma verbracht hätte und mehr mit Rosheen und den Kindern, wäre niemand umgekommen.«

Bridey krauste bekümmert die Stirn. »Es ist immer das Gleiche, wenn die Leute ihren Glauben aufgeben. Wenn Gott nicht mehr in ihrem Leben ist, verlieren sie sehr schnell den Teufel aus dem Auge. Aber für Sie und für mich, Inspector, lebt der Teufel in den Herzen der Bösen. Man muss Mrs. Lavenham dran erinnern, dass Rosheen diejenige war, die ihre Familie verraten hat … nur sie allein.«

»Weil Sie es ihr leicht gemacht haben, als Sie ihr von Patricks Vorstrafe erzählt haben.«

Der Mund der alten Frau wurde schmal und verkniffen. »Ja, und sie hat's gegen ihn verwendet.

Können Sie sich vorstellen, dass ich mich nicht einmal gefragt hab, wieso diese armen alten Frauen mit Patricks Hammer umgebracht worden waren? Sollte man nicht meinen, dass ich – wo ich doch gewusst hab, dass mein Junge unschuldig ist – zwei und zwei zusammenzählen und mir gesagt hätte, Zufälle gibt's nicht?«

»Sie war schlau«, sagte der Inspector. »Sie machte alle Welt glauben, ihr einziges Interesse gälte Kevin Wyllie, und Kevin Wyllie hatte keinen Grund, Mrs. Fanshaw zu töten.«

»Ach Gott, der arme Kerl tut mir jetzt direkt Leid«, sagte Bridey mit einem kleinen Lachen, »auch wenn er uns monatelang terrorisiert hat. Rosheen hat schnell genug ihr wahres Gesicht gezeigt, als sie nach Liams Anruf zu uns runterkam und Kevin wie ein verschnürtes Huhn auf dem Boden liegen sah. Da hab ich das erste Mal die Gerissenheit in ihrem Blick gesehen und erkannt, wie falsch sie war. Sie wollte uns weismachen, Kevin hätte uns belogen, aber als sie gesehen hat, dass wir ihr nicht glaubten, hat sie den Benzinkanister gepackt, der auf dem Tisch gestanden hat. ›Meinetwegen kannst du in der Hölle braten, du unfähiger Idiot‹, hat sie zu ihm gesagt. ›Du hast deinen Zweck erfüllt. Glaubst du vielleicht, ich hätte je was an dir gefunden? Ich wollte nur, dass alle glauben, ich wäre in dich verknallt. Ich hätte einen wie dich nicht zweimal angeschaut, wenn es nicht notwendig gewesen wäre.‹

Dann ist sie auf mich zugekommen und hat dabei den Kanister aufgeschraubt und mir Benzin auf den Rock gekippt. Sie hatte ihr Feuerzeug in der Hand und sagte zu Liam, sie würde mich anzünden, wenn er versuchen würde, sie daran zu hindern, dass sie ihren Liebhaber anruft, damit er rüberkommt und ihr hilft. Die war so frech, Sie können's sich nicht vorstellen.« Ihr Blick wurde hart bei der Erinnerung. »Sie konnte gar nicht mehr aufhören zu quasseln. Vielleicht geht einem das so, wenn man sich für so unheimlich schlau hält. Wie blauäugig wir wären, hat sie gesagt… was für eine Genugtuung es für sie gewesen wäre, die zwei alten Frauen totzuschlagen… wie vernarrt Mr. Jardine in sie wäre… wie leicht es gewesen wäre, den Verdacht auf einen schwachsinnigen Idioten wie Patrick zu lenken… Und als dann Mr. Jardine sich nicht gemeldet hat, weil der sich ja in seinem Keller versteckt hatte, ist sie in ihrer Wut auf mich losgegangen und hat das Feuerzeug an meinen Rock gehalten und geschrien, sie würde uns alle verbrennen. ›Alle werden glauben, es sei Kevin gewesen‹, sagte sie, ›obwohl der auch tot sein wird. Das halbe Dorf weiß ja, dass er hierher geschickt worden ist, um's euch zu geben.‹«

»Und da haben Sie sie niedergeschlagen?«

Bridey nickte. »Meinen Sie, ich wollt drauf warten, dass sie ihr Feuerzeug anmacht?«

»Und Kevin hat das alles mitbekommen?«

»O ja, und er wird's bestätigen, wenn Sie mir wirklich den Prozess machen.«

Der Inspector lächelte ein wenig. »Und wer hat nun das Haus in Brand gesteckt, Bridey?«

»Rosheen natürlich. Das ganze Benzin ist ausgelaufen, als sie gestürzt ist, und der Feuerstein hat Funken geschlagen, als ihre Hand auf die Steinplatten geprallt ist.« Flüchtige Erheiterung flog über ihr altes Gesicht, als sie ihn ansah. »Fragen Sie Kevin, wenn Sie mir nicht glauben.«

»Das habe ich schon getan. Er bestätigt Ihre Aussage. Das Sonderbare ist nur, dass ihm jedes Mal der kalte Schweiß ausbricht, wenn ihm die Frage gestellt wird.«

»Na, das ist doch verständlich! Das war für uns alle ein scheußliches Erlebnis.«

»Wie kommt es, dass Sie nicht verbrannt sind, Bridey? Sie sagten doch, Ihr Rock sei von Benzin durchtränkt gewesen.«

»Das kann nur Gottes Werk gewesen sein.« Sie bekreuzigte sich. »Natürlich kann's auch damit zu tun haben, dass Kevin es geschafft hatte, sich zu befreien, und mich zur Tür stoßen konnte, während Liam die Flammen mit seinem Jackett erstickt hat. Aber ich persönlich betrachte es als ein Wunder.«

»Sie lügen, dass sich die Balken biegen, Bridey. Wir glauben, dass Liam das Feuer gemacht hat, um etwas zu vertuschen.«

Die alte Frau lachte gackernd. »Also, wie kommen Sie denn auf so was, Inspector? Was sollen zwei arme alte Krüppel wie wir Verbotenes angestellt haben?« Sie kniff die Augen zusammen. »Noch dazu, nachdem eine Hexe versucht hatte, uns unseren einzigen Sohn zu nehmen!«

Freitag, 12. März 1999 – 14 Uhr

»Haben Sie es herausbekommen?«, fragte Siobhan den Inspector.

Er zuckte die Achseln. »Wir glauben, Kevin musste eine Ritualverbrennung mitansehen und hat Angst, es zuzugeben, weil er selbst das Benzin ins Haus gebracht hatte.« Er sah die Ungläubigkeit in Siobhans Gesicht. »Bridey hat sie eine Hexe genannt«, erinnerte er sie.

Siobhan schüttelte den Kopf. »Und Sie sind der Meinung, das sind die Spuren, die Liam vernichten wollte?«

»Ja.«

Sie lachte unerwartet. »Sie müssen die Iren ja wirklich für völlig rückständig halten, Inspector. Sind Ritualverbrennungen nicht nach dem Mittelalter aus der Mode gekommen?« Sie schwieg einen Moment, kaum fähig, ihre Belustigung zu zügeln. »Wollen Sie damit vor Gericht ziehen? Die Presse wird begeistert sein. Ich sehe jetzt schon die Schlagzeilen.«

»Nein«, antwortete er und ließ sie nicht aus den Augen. »Kevin hält an der Aussage fest, die Liam und Bridey ihm eingebläut haben, und der Befund des Pathologen, dass Rosheen in aufrechter Haltung war, als sie starb, wird als Beweis vor Gericht nicht ausreichen. Im Moment geben wir uns mit Notwehr und versehentlicher Brandstiftung zufrieden.« Er machte eine kleine Pause. »Es sei denn, Sie wissen etwas anderes, Mrs. Lavenham.«

In ihrem Gesicht war nichts zu lesen. »Ich weiß nur«, sagte sie, »dass Bridey ihre Nichte so wenig als Hexe verbrannt haben kann wie sie aus ihrem Rollstuhl aufstehen kann. Aber verlassen Sie sich nicht auf mich, Inspector. Ich habe mich schon in allem anderen geirrt.«

»Hm. Tja, Sie haben schon Recht. Die ganze Verteidigung der beiden gegen den Mordvorwurf ruht auf ihrer Invalidität.«

Siobhan schien das Interesse zu verlieren und zog sich in ein nachdenkliches Schweigen zurück, das der Inspector nicht stören wollte.

»Hat Rosheen Ihnen gesagt, dass Patrick Lavinias Schmuck gestohlen hatte?«, fragte sie abrupt.

»Warum fragen Sie?«

»Weil ich nie verstanden habe, wieso sich plötzlich alle Ihre Ermittlungen auf ihn konzentrierten.«

»Wir haben überall im Herrenhaus seine Fingerabdrücke gefunden.«

»Neben meinen und denen vieler anderer aus dem Dorf.«

»Aber Sie sind nicht vorbestraft, Mrs. Lavenham.«

»Auch Patricks Vorstrafe hätte längst gelöscht sein müssen, Inspector. Seit seiner letzten Straftat sind fünfzehn Jahre vergangen. Nach englischem Recht hätte seine Akte nach sieben Jahren wieder sauber sein müssen. Irgendjemand –« Sie betrachtete ihn forschend – »muss ihn angeschwärzt haben. Ich bin nie dahinter gekommen, wer es gewesen sein könnte, aber vielleicht waren ja Sie es? Haben Sie Ihre ganze Beweisführung gegen ihn auf vertraulichen Informationen aufgebaut, die Sie vor fünfzehn Jahren in London erworben haben? Wenn ja, sind Sie ein Schwein.«

Er war verärgert genug, um sich zu verteidigen. »Er hat Rosheen gegenüber damit geprahlt, wie er eine senile alte Frau reingelegt hatte, und zeigte ihr zum Beweis Mrs. Fanshaws Schmuck. Sie sagte, er hätte angegeben wie eine Lore Affen und sich darüber kaputtgelacht, dass die beiden alten Weiber so schwachsinnig wären, dass sie ihm freien Zugang zum ganzen Haus gegeben hätten, nur weil er ein paar kleine Ausbesserungsarbeiten machte. Sie sagte nicht, dass Patrick die beiden Frauen getötet hätte – dazu war sie zu schlau –, aber als wir Patrick befragten und er leugnete, je im Herrenhaus gewesen zu sein oder irgendetwas von dem gestohlenen Schmuck zu wissen, beschlossen wir, das Kilkenny Cottage zu durchsuchen und fanden den Schmuck.«

»Genau das, was Rosheen wollte.«

»Das wissen wir jetzt, Mrs. Lavenham, und wenn Patrick damals gleich die Wahrheit gesagt hätte, wäre vielleicht einiges anders gelaufen. Aber leider hat er gelogen. Er steckte in Schwierigkeiten, weil er nicht nur den unechten Schmuck in Besitz hatte, den Miss Jenkins ihm gegeben hatte, sondern auch die Ringe der alten Frau. Er wusste genau, dass er mit wertlosem Plunder abgespeist worden war, also rannte er bei nächster Gelegenheit nach oben und nahm sich etwas Wertvolleres. Er behauptet, Mrs. Fanshaw habe geschlafen. Er habe ihr nur die Ringe von den Fingern gezogen und sich wieder davongemacht.«

»Wussten Bridey und Rosheen, dass er die Ringe gestohlen hatte?«

»Ja, aber er behauptete, es wären nur wertlose Imitationen, die mit dem anderen Kram im Kasten gelegen hätten. Rosheen wusste natürlich, dass das nicht stimmte. Sie und Jardine kannten Patrick gut genug, um zu wissen, dass er sich selbst bedienen würde – und zwar nicht mit wertlosem Plunder –, wenn er seinen Lohn nicht bekäme. Aber Bridey glaubte ihm.«

Sie nickte. »Hat Jeremy seinen Anteil an der Geschichte zugegeben?«

»Noch nicht«, antwortete der Inspector, »aber das kommt schon noch. Er ist ein Mensch ohne Skrupel und erkannte in Rosheen eine verwandte Seele. Erst hat er sie mit Heiratsversprechungen verführt und dann hat er sie überredet, seine Großmutter und deren Pflegerin zu töten, damit er endlich an sein Erbe käme. Rosheen brauchte kein Alibi – sie wurde nie darüber befragt, wo sie in der fraglichen Nacht war, weil Sie alle vermuteten, sie wäre mit Kevin zusammen gewesen.«

»Ja, weil wir alle glaubten, Sex mit Kevin wäre das Einzige, was sie interessierte«, stimmte Siobhan zu. »Sie war wirklich schlau. Kein Mensch hatte auch nur den geringsten Verdacht, sie könnte was mit Jeremy haben. Cynthia Haversley hielt sie für ein billiges kleines Flittchen. Ian glaubte, Kevin nutze sie aus. Und ich dachte, sie hätte ihren Spaß.«

»Den hat sie auch gehabt. Sie sah für sich eine strahlende Zukunft als große Dame vor sich. Sie brauchte nur zu warten, bis Patrick verurteilt war und Jeremy erbte. Es war anscheinend ihr Lebensziel, auf Liam und Bridey herabsehen zu können. Falls es Sie interessiert, Mrs. Haversley zeigt überraschend viel Verständnis für sie.« Er zog zynisch eine Augenbraue hoch. »Sie meint, ihr wäre völlig klar, wie einfach es für einen verdorbenen Menschen wie Jardine gewesen sein müsse, ein weltfremdes Mädchen vom Lande zu manipulieren, wo es ihm stets mühelos gelungen sei, selbst ›weltgewandte‹ –« er zeichnete die Anführungszeichen in die Luft – »Leute wie sie und Mr. Haversley so einzuwickeln, dass sie alles schluckten, was er ihnen erzählte.«

Siobhan lächelte. »Irgendwie wird sie mir immer sympathischer. Es ist so, als müsste man sich durch eine verbrannte Folienkartoffel hindurchkämpfen. Das Äußere ist ekelhaft, aber das Innere ist köstlich und butterweich.« Ihr Blick schweifte zum Fenster, auf der Suche nach einem fernen Horizont. »Wissen Sie, das Verrückte ist, dass Nora Bentley erst am Montag zu mir sagte, es sei schade, dass ich Cynthia nie von ihrer guten Seite erlebt hätte. Und ich war tatsächlich so hochmütig zu erklären, dass ich darauf auch gar keinen Wert legte. Mein Gott, ich wünschte –« Sie brach ab, nicht bereit, zu viel von den Gefühlen zu enthüllen, die sie immer noch quälten. »Warum haben Liam und Bridey Kevin mitgenommen?«, fragte sie als Nächstes.

»Er behauptet, sie wären alle in Panik geraten.

Er hatte Angst, man würde ihm den Brand und Rosheens Tod zur Last legen, wenn er bliebe. Und *sie* hatten Angst, die Polizei würde glauben, sie hätten es absichtlich getan, um den Verlauf des Prozesses gegen Patrick zu beeinflussen. Er sagt, er hätte sich in Liverpool von ihnen getrennt, weil er da einen Freund hat, den er seit Jahren nicht mehr gesehen hat.«

»Und was meinen Sie?«

»Wir meinen, er hatte keine Wahl. Wir glauben, dass Liam ihn an dem Strick, den er ihm um den Hals geworfen hatte, mitgeschleppt und erst frei gelassen hat, als sie sicher sein konnten, dass er bei der Geschichte bleiben würde, die sie sich ausgedacht hatten.«

»Warum wollten Liam und Bridey nach Irland?«

»Angeblich weil sie Angst hatten... weil sie wussten, dass es eine Weile dauern würde, bis die Wahrheit herauskäme... weil sie nicht wussten, wohin sonst... weil alles, was sie besessen hatten, vernichtet war... weil Irland zu Hause war...«

»Und was meinen Sie?«, fragte sie ein zweites Mal.

»Sie fürchteten, dass Kevin reden würde, sobald er die erste Angst überwunden hatte, und hielten es für klüger, sich aus dem Staub zu machen.«

Sie lachte leise. »Sie können nicht beides haben, Inspector. Wenn sie ihn freigelassen haben, weil sie überzeugt waren, er würde sich an ihre Geschichte halten, dann brauchten sie nicht zu fliehen. Und wenn sie wussten, dass sie sich nicht auf ihn verlassen konnten – und das hätten sie doch fürchten müssen, wenn sie einen Ritualmord begangen hätten –, wäre er mit Rosheen gestorben.«

»Was versuchen sie dann zu verheimlichen?«

Sie konnte nicht glauben, dass er es nicht sah. »Wahrscheinlich nichts«, antwortete sie ausweichend. »Sie haben es sich nur angewöhnt, nichts zu glauben, was sie sagen.«

Er schüttelte eigensinnig den Kopf. »Nein, irgendwas ist da. Ich kenne sie lange genug, ich weiß genau, wann sie lügen.«

Er würde nicht locker lassen, bis er es entdeckt hatte, dachte sie. Er war der Typ. Und wenn es so weit war, würde augenblicklich sein Verdacht bezüglich Rosheens Tod wieder erwachen. Es sei denn …

»Die O'Riordans haben einen Fehler«, sagte sie. »Sie können vor lauter Bäumen den Wald nicht sehen. Patrick sitzt seit neun Monaten in Untersuchungshaft, weil er mehr Angst davor hatte, der Tat angeklagt zu werden, die er tatsächlich begangen hat – nämlich Diebstahl – als der Tat, die er nicht begangen hat – nämlich Mord. Ich vermute, Liam und Bridey verhalten sich genauso – sie versuchen verzweifelt, die Tat zu verheimlichen, die sie begangen haben, ohne zu merken, dass sie sich damit das eigene Grab schaufeln.«

»Weiter.«

Siobhan zwinkerte so verschmitzt wie zuvor Bridey. »Es bleibt unter uns?«, fragte sie. »Sonst sage ich kein Wort mehr.«

»Können sie deswegen belangt werden?«

»O ja, aber ich glaube nicht, dass es Ihr Gewissen belasten wird, wenn Sie es nicht zur Anzeige bringen.«

Er war zu neugierig geworden, um jetzt einen Rückzieher zu machen. »Also gut«, sagte er, »es bleibt unter uns.«

»Meiner Ansicht nach sieht es etwa so aus: Liam und Bridey leben seit fünfzehn Jahren von Steuergeldern. Sie kassieren Invalidenrente für seinen gelähmten Arm und für ihre Beckenverletzung, und Patrick kassiert Pflegegeld dafür, dass er sich um sie kümmert. Sie bekommen außerdem Sozialhilfe, Wohngeld, Heizungszuschuss und alle möglichen anderen Vergünstigungen.« Sie stach mit dem Zeigefinger nach ihm. »Aber Kevin ist ein Kerl wie ein Gorilla, und Rosheen war so groß wie ich. Jetzt sagen Sie mir mal, wie zwei arme alte Invaliden es geschafft haben sollen, gleich beide zu überwältigen?«

»Sagen Sie's mir.«

»Ich vermute, Liam zog seinen lahmen Arm aus

der Tasche und hielt sie fest, und Bridey hüpfte aus ihrem Rollstuhl und verschnürte sie. Bridey würde sagen, es war eine Wunderheilung. Das Sozialamt würde es vorsätzlichen Betrug nennen. Kommt ganz darauf an, was man glaubt, wie leicht englische Ärzte sich von routinierten Simulanten täuschen lassen.«

Er war sichtlich schockiert. »Wollen Sie damit sagen, dass Patrick den beiden nie etwas angetan hat?«

Ihr Gelächter füllte den Raum. »Nein. Angetan hat er ihnen sicher etwas. Ein zertrümmertes Handgelenk und einen Beckenbruch kann man nicht vortäuschen, aber ich vermute, Liam und Bridey haben ihre Leiden ins Endlose ausgedehnt, um beim Staat abzusahnen.« Sie neigte leicht den Kopf zur Seite. »Finden Sie es nicht interessant, dass sie aus London fortzogen, weg von den Ärzten, die sie behandelt hatten, und sich in einem gottverlassenen Nest in Hampshire niederließen, wo der einzige Arzt, der ihre Anträge und Formulare unterschreiben kann, sein Verfallsdatum – um es mal ganz drastisch zu sagen – weit überschritten hat? Sie kennen Dr. Bentley. Glauben Sie im Ernst, er würde je auf den Gedanken kommen, zwei seiner Patienten, denen von einem früheren Londoner Krankenhaus Invalidität bescheinigt wurde, könnten den Staat an der Nase herumführen?«

»Du meine Güte!« Er schüttelte den Kopf. »Aber warum mussten sie das Haus niederbrennen? Was hätten wir denn so Belastendes finden können? Abgesehen von Rosheens Leiche natürlich.«

»Fingerabdrücke von Liams rechter Hand auf den Türknäufen?«, meinte Siobhan. »Brideys Schuhabdrücke auf dem Küchenboden? Ganz gleich, wie Rosheen umgekommen ist – ob sie aus Notwehr gehandelt haben oder nicht –, sie konnten sich nicht erlauben, es zu melden, weil Sie dann sofort das Haus für die Dauer Ihrer Ermittlungen versiegelt hätten.«

»Und wir hätten nicht lange gebraucht, um festzustellen, dass die beiden nicht die Invaliden sind, für die sie sich ausgeben.«

»Genau.«

»Und wir hätten sie auf der Stelle unter Mordverdacht festgenommen.«

Sie nickte. »Wie Sie es mit Patrick getan haben.«

Er steckte den Hieb mit einem unwilligen Lächeln ein. »Wissen Sie das alles mit Sicherheit, Mrs. Lavenham?«

»Nein«, antwortete sie. »Alles Vermutung. Und ich werde es ganz gewiss nicht vor Gericht wiederholen. Es ist ohnehin ohne Belang. Alle Beweise sind in Flammen aufgegangen.«

»Stimmt nicht. Es braucht nur einen Arzt, der

bescheinigt, dass die beiden so beweglich sind wie Sie und ich.«

»Das beweist nicht, dass sie vor dem Brand beweglich waren«, entgegnete sie. »Bridey wird einen Spezialisten aufgabeln, um Ihnen was von psychosomatischer Lähmung zu erzählen, und Sam Bentley wird niemals zugeben, dass er sich von zwei Simulanten hat reinlegen lassen.« Sie lachte leise in sich hinein. »Cynthia Haversley übrigens ebenso wenig. Sie hat sie über Jahre von ihrem Fenster aus beobachtet und niemals Verdacht geschöpft. Wie dem auch sei, Bridey glaubt fest an Wunder, und sie hat Ihnen ja bereits erklärt, dass Gott sie und Liam aus dem Inferno gerettet hat.«

»Sie muss mich für einen kompletten Idioten halten.«

»Nicht Sie persönlich. Nur äh – Ihresgleichen.«

Er sah sie finster an. »Was soll das nun wieder heißen?«

Siobhan musterte ihn mit Erheiterung. »Die Iren tanzen den Engländern seit Jahrhunderten auf der Nase herum, Inspector.« Sie sah, wie er ablehnend die Augen zusammenkniff. »Und wenn die Engländer nicht so geblendet wären von der Überzeugung ihrer eigenen Wichtigkeit«, schloss sie boshaft, »hätten sie es vielleicht gemerkt.«